Amina.
Mein Leben als Junge

Begriffe zur afghanischen Kultur, zur Sprache und zum historischen Hintergrund werden im Anhang erklärt.

1. Auflage 2019

ISBN 978-3-7641-7085-1

Lektorat: Ulrike Schuldes
Umschlaggestaltung: Kathrin Steigerwald
unter der Verwendung von Fotos von © Claus Mikosch; © Anna Poguliaeva
Druck und Bindung: GGP Media GmbH, Pößneck
Gedruckt auf Papier aus geprüfter nachhaltiger Forstwirtschaft.

www.ueberreuter.de

Carolin Philipps

AMINA

Mein Leben
als Junge

ueberreuter

Nur wenn der Mensch des Äußeren
beraubt wird wie im Winter,
besteht Hoffnung, dass sich
ein neuer Frühling in ihm entwickelt.

Rumi

■ ■ ■

»Pssst.« »Er wacht auf!«

»Er ist eine Sie!«

»Pssst! Seid leise! Sonst erschreckt er sich!«

Die wispernden Stimmen, die von allen Seiten um ihn herumschwirrten wie ein hungriger Schwarm Sandmücken, waren das Erste, was Amin wahrnahm. Er versuchte, seine Augen zu öffnen. Sehen konnte er nichts. Es war dunkel, und seine Augen waren so geschwollen, dass er selbst bei Licht nichts gesehen hätte. Er wollte sich aufrichten, fiel aber leise stöhnend vor Schmerzen auf den Boden zurück.

»Bleib liegen!«, flüsterte eine der Stimmen. Sie erinnerte ihn an seine Großmutter, klang zärtlich besorgt und doch sehr bestimmt.

Jemand drückte ihm etwas Kaltes, Nasses auf die Stirn. Wassertropfen liefen über sein Gesicht.

Amin zuckte zusammen, schrie auf und drehte seinen Kopf mit einem Ruck zur Seite.

»Schsch! Nicht bewegen!«, wisperte es.

Amin leckte mit der Zunge die Wassertropfen auf, die über seinen Mund liefen.

»Er hat Durst!«, rief eine Stimme.

»Sie hat Durst!«

Jemand hob vorsichtig seinen Kopf ein wenig hoch. Kaltes Wasser tropfte auf seine Lippen, er öffnete den Mund. Jede Bewegung tat weh, selbst das Schlucken. Das Wasser lief ihm seitlich wieder aus dem Mund.

»Du musst etwas trinken«, wisperte es. »Versuch es!«

Er wusste nicht, wo er war, wie er hierhergekommen war, wem die wispernden Stimmen gehörten.

Es war nicht wichtig.

Alles, was er fühlte, war der Schmerz, der in seinem Kopf, seinen Armen und Beinen, seinem Bauch und seinem Rücken, einfach überall wohnte. Vor allem in seinem Kopf. Nichts zählte als der Schmerz und das Wissen, dass die wispernden Stimmen ihn nicht vergrößern würden.

Die wispernden Stimmen waren keine bösen Dschinn, sie waren freundliche Geister.

Er schloss die Augen.

Als er sie das nächste Mal öffnete, blendete ihn die Mittagssonne, sodass er blinzeln musste.

»Er wacht auf!«

»Er ist eine Sie!«

Amin schaute in dunkle Augen, die ihn neugierig und besorgt betrachteten. Immer neue Augen tauchten über ihm auf.

»Er schaut schon viel besser aus.«

»Sie muss trinken!«

»Und etwas essen.«

»Lass ihn in Ruhe! Er ist noch viel zu schwach.«

Es gab nur ihre Augen und ihre Stimmen, die Gesichter waren hinter ihren Schleiern verborgen.

Als Amin versuchte, sich aufzurichten, und vor Schmerz zusammenzuckte, streckten sich viele Hände aus, um ihm zu helfen. Sie lehnten ihn mit dem Rücken an eine Wand und hockten sich schweigend vor ihn, ihre nackten Füße unter ihren weiten Kleidern versteckt.

Eine reichte ihm eine Schale mit Wasser, damit er sich das Gesicht, die Hände und die Füße waschen konnte, eine andere ein großes Stück naan und eine weitere Schale mit Wasser zum Trinken.

Auch während Amin aß und trank, langsam, weil das Schlucken immer noch wehtat, saßen sie schweigend da und beobachteten ihn mit ihren großen schwarzen Augen.

»Wie heißt du?«, fragte schließlich eine, als er das Brot aufgegessen hatte.

»Amin.« Seine Stimme erschreckte ihn, es war nicht mehr als ein Krächzen, kaum zu verstehen.

»Also doch ein Junge.«

»Wie alt bist du?«

»Warum hat man dich hierhergebracht?«

Ihre Fragen prasselten wie kleine Geschosse aus einem Maschinengewehr auf ihn ein. Amin zog seine Beine an den Körper, legte den Kopf darauf und die Arme schützend um sich.

Es wurde still im Raum, ganz still. Aber er spürte, dass sie noch da waren und auf eine Antwort warteten.

Nach einer Weile hob er den Kopf und flüsterte: »Wo bin ich? Was ist das für ein Haus? Ich will hier raus. Ich will nach Hause ... mein Kopf ...«

»Wir wollen alle raus«, sagte eine der Stimmen. »Aber nicht nach Hause. Dies hier ist nur der Vorhof der Hölle, die Hölle war unser Zuhause.«

Sie hob ihren Schleier hoch, sodass Amin ihr Gesicht sehen konnte. Sie war vielleicht so alt wie seine Mutter. Über ihre linke Gesichtshälfte zogen sich von der Stirn bis zum Hals weiße Narben. Das linke Auge war ganz unter einer großen Narbe verschwunden.

Sie lächelte, als sie Amins erschrockenen Blick sah, nahm seine Hand und strich damit über ihr Gesicht.

»Keine Angst, es tut nicht mehr weh. Mein Mann dachte, ich würde ihn mit einem Kollegen betrügen. Er ist sehr eifersüchtig. Er hat mir nicht geglaubt, dass das nicht stimmt. Dann hat er mir Säure ins Gesicht geschüttet und mich wegen Ehebruch angezeigt ... Jetzt bin ich hier. Im Gefängnis.« Sie stockte.

Amin fragte nicht weiter. Er wusste, dass die Frau noch Glück gehabt hatte, weil sie lebte. Bei Ehebruch, auch wenn es nur ein Verdacht war und nicht bewiesen werden konnte, wurden Frauen häufig zu Tode gesteinigt.

»Warum bist du hier, Amin?«

Er überlegte.

»Ich weiß es nicht ... Ich ... ich kann mich nicht erinnern.«

Die Frauen steckten die Köpfe zusammen. Er hörte ihre wispernden Stimmen.

»Er hat einen Schlag auf seinen Hinterkopf bekommen.«

»Vielleicht hat er dabei sein Gedächtnis verloren.«

»Oder er hat etwas so Schlimmes erlebt, dass seine Seele die Tür zu seinem Gedächtnis verschlossen hat.«

»Und wie öffnet man sie wieder?«

»Mit ganz viel Geduld. Bei meiner Schwester war es auch so, nachdem sie mit ansehen musste, wie ihr kleiner Sohn auf eine Landmine getreten ist und vor ihren Augen zerfetzt wurde.«

Amin schloss die Augen, er war müde, so unendlich müde. Jede Bewegung tat weh.

Die Frauen tuschelten aufgeregt miteinander.

»Ich sage euch, er ist ein Mädchen.«

»In Jungenkleidern?«

»Dies ist ein Frauengefängnis, sie hätten nie einen Jungen hierhergebracht.«

Das Wispern hörte auf.

Amin öffnete seine Augen.

»Wo kommst du her, Amin? An irgendetwas musst du dich doch erinnern. Was ist vor zwei Tagen passiert? Denk nach!«

Zwei Tage war er also schon hier. Er hatte keine Ahnung, was passiert war. Was hatte er getan, dass man ihn hier eingesperrt hatte?

»Du erinnerst dich doch sicher an deine Eltern«, sagte die Frau mit der Narbe und der dunklen Stimme. Amin hörte sie gern sprechen. »Fang da an. Wer sind sie und wo kommt ihr her? Hast du Geschwister? Wie heißen sie? Wie alt bist du?

Fang am Anfang an. Erzähle das, was dir einfällt. Dann kommt alles andere vielleicht zurück. ›Ich heiße Amin ...‹, und wie geht es weiter?«

Amin überlegte. Er hatte Kopfschmerzen, aber er wollte die Frauen, die vor ihm saßen und ihn besorgt ansahen, nicht enttäuschen. Dann begann er langsam, immer wieder stockend, zu erzählen.

EINS

Bis vor einigen Jahren lebten wir alle in einem kleinen Dorf ungefähr zwei Tagesreisen von Kabul entfernt. Um unser Haus herum gab es eine zwei Meter hohe Mauer aus verputztem Lehm mit einem Tor, das Baba jeden Abend abschloss, obwohl weder die Mauer noch das Tor uns bei einem Angriff wirklich geschützt hätten. Gegen die Flugzeuge, die ihre Bomben auf Kabul warfen und manchmal auch auf unser Dorf, schützten sie sowieso nicht. Durch unser Dorf zogen seit vielen Jahren immer wieder Soldaten mit oder ohne Panzer. Und wenn sie auf feindliche Soldaten trafen, dann wurde geschossen. Unsere Mauer hat schon viele Einschusslöcher.

»Man kann die Geschichte Afghanistans daran ablesen«, sagte Baba immer. Er hat versucht, uns zu erklären, wer gegen wen kämpft. Aber das Einzige, was ich damals verstanden habe, war, dass es seit über vierzig Jahren keinen Frieden gab und dass Baba die Hoffnung längst aufgegeben hatte.

Wenn man durch das Tor in der Mauer geht, kommt man in einen Innenhof, der zu drei Wohnungen führt. In der einen wohnte meine Familie mit meinen Eltern, mir, meinen älteren Schwestern Nila und Najiba und meinen zwei jüngeren Schwestern. Daneben wohnten Onkel Achmed und Tante Filiz mit ihren vier Kindern, und in der dritten Wohnung, die nur aus zwei kleinen Zimmern besteht, lebte meine Großmutter mit Tante Zohra.

Im Innenhof gibt es einen Brunnen und einen Ofen aus Lehm, auf dem die Frauen unser Essen gekocht haben. Meine Cousins und ich mussten dafür sorgen, dass immer genügend Feuerholz da war. Baba hatte auch einen Gaskocher gekauft, aber das Gas dafür konnten wir uns nur leisten, wenn er mit einem seiner Kampfhähne ein gutes Geschäft gemacht hatte.

Meist kochten alle Familien zusammen in einem großen Topf: pulao und bolani mit Kartoffelfüllung, sehr selten auch mal Lammkebab mit Reis. Zu jeder Mahlzeit gab es frisch gebackenes naan. Manchmal kauften Vater oder Onkel Achmed einige Hühner, die dann im Innenhof herumliefen.

Der Innenhof gehörte den Frauen. Nach dem Essen machten meine älteren Schwestern und meine Cousinen in großen Plastikschüsseln den Abwasch oder wuschen unsere Wäsche. Sie redeten und lachten dabei, als hätten sie großen Spaß. Meine Mutter und meine Tanten machten täglich frisches naan im Ofen. Der Duft zog durch den ganzen Hof über die Mauer und begrüßte uns, wenn meine Cousins und ich abends nach Hause kamen. Für meine kleinen Schwestern war der Innenhof ihr Spielplatz, wo sie singen, hüpfen und herumlaufen konnten.

Auf dem Dach unseres Hauses lebten Babas Tauben. Jeden Abend, wenn er vom Feld zurückkam, wusch er sich und ging dann zu ihnen, um sie zu füttern. Ich durfte ihm manchmal helfen. Er öffnete die Käfige und ließ sie eine Weile fliegen. Sie sahen aus wie kleine weiße Drachen. Und als würde Baba sie an einer Schnur festhalten, flogen sie nicht davon, sondern kreisten in der Luft über unserem Haus.

»Sie wissen genau, dass sie nur hier etwas zu fressen bekommen«, sagte mein Vater immer und lachte und wedelte mit einem Fächer durch die Luft.

Wenn er bei seinen Tauben war, dann war er glücklich und vergaß seinen zerschossenen Arm und seinen Zorn auf den Mann, der dafür verantwortlich war und der seit Jahren versuchte, diese Schuld mit Tausenden von Afghani abzuzahlen.

Baba hatte, nachdem die Russen 1979 unser Land besetzt hatten, zusammen mit den Mudschaheddin gegen die Kommunisten gekämpft. Es war ein Dschihad, ein heiliger Krieg, denn die Kommunisten glauben nicht an Gott, und so war es die Pflicht eines jeden gläubigen Muslim, sie zu vertreiben, erzählte Baba oft.

Sein Kommandant war damals Khan Najibullah gewesen. Der hatte eines Tages einen Angriff auf einen Vorort von Kabul befohlen, wo sich ein feindlicher Trupp befand. Jeder wusste, dass der Feind in der Überzahl war, auch seine Offiziere warnten ihn, aber Khan Najibullah interessierte das nicht. Und so wurde aus dem Angriff eine furchtbare Niederlage, die den meisten aus der Truppe den Tod brachte.

Baba befand sich in der Nähe des Kommandanten, als der Khan von einer feindlichen Kugel getroffen wurde. Es gelang meinem Vater, ihn in Sicherheit zu bringen und ihm so das Leben zu retten, auch wenn er selbst dabei an der Schulter getroffen wurde. Seitdem kann er seinen linken Arm nicht mehr bewegen.

Aus Dankbarkeit gab Khan Najibullah meinem Vater später seine jüngste Tochter zur Frau. Sie war bei der Hochzeit erst zwölf Jahre alt und ist bei der Geburt ihrer Tochter, meiner ältesten Schwester Nila, gestorben. Khan Najibullah war sehr traurig und schickte uns seitdem jedes Jahr zum Neujahrsfest Geld, Geschenke für die ganze Familie und neue Kleider für seine Enkelin. Außerdem nahm er Baba das Versprechen ab, dass er Nila nicht verheiraten durfte, bevor sie sechzehn Jahre alt war.

Ein Jahr nach dem Tod seiner ersten Frau heiratete mein Vater erneut, meine Mutter.

Mit dem Geld und den Geschenken von Nilas Großvater konnte Baba auch unsere Wohnung einrichten. Im Wohnraum lag ein dicker roter Teppich auf dem Boden, an den

Wänden gab es rote Polster aus Samt, auf denen wir beim Essen saßen und Baba und ich in der Nacht auch schliefen. An der Wand stand ein Regal, auf dem nur ein Buch lag: der Koran, in grünen Samt eingewickelt. Kein anderes Buch sollte über ihm stehen. Dabei war es sowieso das einzige Buch in unserem Haus außer unseren Schulbüchern.

Dann gab es noch ein Zimmer für meine Mutter und meine Schwestern. Vor diesem Zimmer hing ein Vorhang, der immer, wenn Fremde kamen, zugezogen wurde.

Auch der Gaskocher wurde mit dem Geld von Nilas Großvater gekauft, die ersten Tauben und Babas Kampfhähne, seine Aprikosenbäume und einige zusätzliche Felder. Onkel Achmed und Großmutter bekamen immer einen Teil von Khan Najibullahs jährlichen Geschenken.

So wurde unser Haus zum schönsten Haus und Baba zum mächtigsten Mann im ganzen Dorf.

Jedes Jahr zu Beginn des Nowruzfestes, sobald der Geldbote von Nilas Großvater gekommen war, lud Baba das ganze Dorf ein. Meine Mutter und die anderen Frauen aus meiner Familie hatten vorher schon tagelang zusammen mit den Frauen aus dem Dorf gekocht und gebacken: simenak, haft mewah und andere Gerichte, die es nur beim Neujahrsfest gab.

Einmal, kurz vor meiner Geburt, Nila war gerade fünf Jahre alt, besuchte uns Khan Najibullah persönlich, um die Geschenke zu bringen und seine Enkelin zu sehen. Er kam mit einem riesigen Gefolge. Das gab eine große Aufregung im Dorf. Noch heute erzählen alle davon.

Für unsere Familie, vor allem für Baba, war der Besuch des berühmten Kommandeurs eine große Ehre. Khan Najibullah war sehr zufrieden mit allem und umarmte Baba zum Abschied feierlich vor sämtlichen Männern des Dorfes, aber er wünschte ihm auch mit seiner lauten Stimme, dass Allah ihm bald einen Sohn schenken möge.

»Jeder Mann braucht einen Sohn«, fügte er hinzu. Das war für meinen Vater eine schlimme Demütigung, denn er hatte ja nur zwei Töchter.

Baba hatte große Hoffnung, dass ich dieser Sohn werden würde, denn ein Sohn ist wichtig für das Ansehen eines Mannes. Stattdessen wurde ich, Amina, geboren. Aber ich wurde zu Amin, dem Sohn, den mein Vater sich immer gewünscht hatte.

Baba wollte das so und keiner protestierte. Selbst meine Mutter sagte nichts, denn sie wusste, dass eine Frau, die keinen Jungen gebären kann, keinen Wert hat. Außerhalb der Familie wusste niemand, dass ich nicht Babas Sohn war, sondern nur eine weitere Tochter. Es sollte so lange wie möglich ein Familiengeheimnis bleiben, denn von Babas Ansehen im Dorf hing auch das Ansehen der ganzen Familie ab.

Ich war vielleicht fünf Jahre alt, als ich auf der Hochzeit einer Cousine neben meiner Großmutter saß und sie in ihrem bunten wunderschönen Kleid neugierig anstarrte. Großmutter hat mir die Geschichte später immer wieder erzählt.

»Gefällt es dir? Möchtest du auch so ein Kleid haben?«, fragte sie mich plötzlich.

»Jungen tragen keine Kleider«, sagte ich.

»Spätestens bei deiner eigenen Hochzeit wirst du auch eins tragen.«

Ich habe laut gelacht. »Ich bin Amin, Großmutter.«

Ich dachte, sie machte einen Scherz, wie sie das oft tat, um mich zu necken. Aber diesmal zwinkerte sie mir nicht zu, sondern sah mich ganz ernst an, strich mir über die Haare und zeigte dann auf den Regenbogen, der in leuchtenden Farben über dem Feld stand.

»Beeil dich! Lauf unter ihm durch! Und wenn du Glück hast, wird aus dir ein richtiger Junge.« Als ich sie verwirrt anstarrte, gab sie mir einen kleinen Stoß.

»Na los, beeil dich! Er wird nicht ewig auf dich warten.«

Ich verstand zwar nicht, was sie meinte, aber da sie so ernst schaute, rannte ich los. Ich war nicht der Einzige. Auch andere Kinder, manche größer, manche kleiner als ich, rannten so schnell sie konnten über das Feld. Dass es alles nur Mädchen waren, fiel mir nicht auf. Als ich am anderen Ende angekommen war und zum Himmel schaute, war der Regenbogen verschwunden.

Ich war nicht sicher, ob ich tatsächlich unter ihm durchgelaufen war, aber es war ja eigentlich auch nicht wichtig. Schließlich war ich ein Junge und das Ganze nur ein Spiel, ein sehr dummes Spiel. Die anderen Jungen lachten mich aus.

»Was machst du? Möchtest du ein Mädchen werden? Wer durch den Regenbogen läuft, ändert sein Geschlecht. Kein Junge macht so etwas!«

Als ich meinem Vater von Großmutter und dem Regenbogen erzählte, sagte er ein wenig verärgert: »Hör nicht auf das Geschwätz der Frauen. Du bist Amin, mein Sohn. Du brauchst den Regenbogen nicht.«

Am Abend hörte ich, wie sich meine Mutter und meine Großmutter draußen auf dem Hof stritten.

»Wie lange wollt ihr sie noch in Hosen herumlaufen lassen?«, schimpfte meine Großmutter.

»So lange, wie sein Vater es möchte und wie es Amin selbst gefällt«, erwiderte meine Mutter.

Ich verstand nicht, worum es eigentlich ging, nur dass meine Großmutter nicht wollte, dass ich in Hosen herumlief. Dabei waren sie so viel bequemer als die langen, dunklen Kleider meiner Mutter und meiner Schwestern, die bis zum Boden reichten.

»Vergiss den Regenbogen nicht!«, flüsterte Großmutter mir zu, bevor sie in ihr Zimmer ging.

Am Rande des Dorfes, etwas entfernt von den übrigen Häusern, wohnte in einer Lehmhütte ein alter Mann. Er war kurz vor meiner Geburt in unser Dorf gekommen. Mutter hat mir oft erzählt, wie er eines Tages dort stand, barfuß, auf seinen Wanderstab gestützt, mit einem Flickenmantel bekleidet, den Gebetsketten um den Hals und einem weißen Turban auf dem Kopf. Er war ein Malang, ein heiliger Mann, der sein Leben lang von einem Schrein zum anderen wanderte, auf der Suche nach Gott.

Kurz vor unserem Dorf war er gestolpert und so böse gestürzt, dass er nur noch humpeln konnte. Deshalb ließ ihn Baba auch in einer Hütte auf einem seiner Felder wohnen. Allerdings sollte das nur vorübergehend sein, bis sein Fuß geheilt war.

Aber der Malang war schon sehr alt und einfach zu müde, um weiterzuziehen. Also blieb er in der Hütte meines Vaters. Die Menschen in unserem Dorf versorgten ihn mit Essen, dafür bekamen sie seinen Rat und seine Hilfe.

Meine Mutter und die meisten Frauen im Dorf glaubten fest daran, dass er die Zukunft voraussehen konnte und magische Kräfte besaß. Mutter hoffte, durch seine Magie endlich einen Sohn zu bekommen, andere wünschten sich einen guten Mann für ihre Tochter oder baten um Hilfe bei Problemen mit ihren Ehemännern.

Unserem Mullah und den Männern im Dorf gefiel das gar nicht.

»Ein richtiger Muslim verabscheut den Aberglauben. Es gibt nur den Glauben an Allah. Für Magie ist da kein Platz«, sagte Baba und verbot meiner Mutter, zu ihm zu gehen.

Aber der Glaube an die magischen Kräfte des Malang war stärker, und so ging sie, wie die meisten Frauen aus dem Dorf, heimlich zu ihm. Ich begleitete sie oft. Anfangs hatte ich große Angst vor ihm, denn in seiner Hütte war es dunkel, es roch seltsam nach Weihrauch, und seine Augen waren so scharf, dass ich Angst hatte, sie würden mich durchbohren.

Als er mich das erste Mal sah, nahm er meine Hand und schaute ganz tief in meine Augen. Dann sagte er, dass ich eine lange Reise machen müsse, bevor ich wüsste, wer ich bin und wer ich sein wollte. Ich wusste nicht, was er damit meinte, es war mir unheimlich. Ich war Amin, Babas Sohn. Warum sollte ich eine Reise machen?

Mutter bekam von ihm immer einen Talisman, ein taweez aus Papier, worauf er geheimnisvolle Zeichen gemalt hatte. Sie trug ihn an einer Kette um den Hals. Geholfen hat es bis jetzt nicht. Genauso wenig wie das gelbe Pulver, das er ihr jedes Mal mitgab, eingewickelt in ein Kräuterblatt.

Wenig später erfuhr ich die ganze Wahrheit über mich. Ich hatte mich schon darüber gewundert, dass Baba, immer wenn meine Mutter ein Mädchen zur Welt brachte, sehr enttäuscht und ärgerlich auf sie war. Sie solle sich mehr Mühe geben, schimpfte er dann, denn bei uns ist immer die Frau schuld, wenn sie keinen Jungen bekommt.

Nila behauptet, das liegt eigentlich am Mann. Das hat sie in der Schule gelernt. Ich habe sie angefleht, so etwas niemals laut zu sagen. Denn dann würde unser Vater sie sicher verprügeln, obwohl er sie sonst wie etwas Besonderes behandelte. Solange es ihr gut ging, konnte unsere Familie weiterhin mit dem Geld von Khan Najibullah rechnen, der inzwischen in der Regierung in Kabul zu einem mächtigen Mann geworden war.

Eines Abends schickte mich mein Vater zu meinen Schwestern, damit sie ihm seinen grünen Tee kochten und ins Wohnzimmer brachten.

Normalerweise gehorchten sie mir immer, aber Nila hatte an diesem Tag schlechte Laune und sagte nur patzig: »Warum machst *du* das nicht? Ich muss das Abendessen vorbereiten.«

»Teekochen ist Frauenarbeit«, erwiderte ich.

»Genau! Das kannst du ja schon mal üben.«

»Was soll ich üben?«

»Na, die Frauenarbeit!«, antwortete sie. »Glaubst du etwa, du bist etwas Besonderes, nur weil du eine Hose trägst? Es wird nicht mehr lange dauern, dann stehst du hier mit uns und machst den Abwasch, Amina!«

In diesem Moment kam unsere Mutter. Sie hatte Nilas letzte Worte gehört, aber statt mit ihr zu schimpfen, weil sie so respektlos mit mir redete, legte sie nur den Finger auf den Mund und sagte leise: »Sie hat recht, Amina.«

Und dann erklärte sie mir, dass ich gleich nach meiner Geburt zu dem Sohn gemacht worden war, den mein Vater so unbedingt haben wollte, den sie ihm aber nicht schenken konnte.

Diesmal ging ich nicht zu Baba, um ihm davon zu erzählen. Denn irgendwie spürte ich, dass es kein Frauengeschwätz war, sondern die Wahrheit. Und auch Großmutter hatte die Wahrheit gesagt. Ich brauchte die Magie des Regenbogens, um ein Junge zu werden, weil ich keiner war.

»Aber ich will kein Mädchen sein!«

»Das hast du nicht zu bestimmen, Amina«, sagte meine Mutter und lächelte. »Du wirst schon sehen. In ein paar Jahren wird sich dein Körper verändern, und dann musst du sein, was du bist – ein Mädchen.«

Doch das konnte ich mir damals nicht vorstellen. Und ich war ganz sicher, dass auch Baba wollte, dass ich sein Sohn bleibe, obwohl wir nie mehr darüber gesprochen haben.

Ich bin Amina, aber ich lebe als Amin. Und so soll es auch bleiben, mit Allahs Hilfe und der Magie des Regenbogens, unter dem ich immer wieder hindurchlaufe, sobald ich einen sehe.

■ ■ ■

Ein leises Lachen ging durch den dunklen Raum, in den nur wenig Licht durch die halb geöffnete Tür schien. Die Frauen hatten ihre Schleier zur Seite geschoben, sodass Amin zum ersten Mal ihre Gesichter erkennen konnte. Es waren junge dabei, wohl nicht älter als er, andere waren eher so alt wie seine Mutter oder wie seine Tante Zohra gewesen war.

»Wir werden dich Amina nennen. Dann kannst du dich schon mal daran gewöhnen. Denn deine Mutter und deine Großmutter haben recht. Du bist fast sechzehn und deine Brüste sind schon gewachsen. Du kannst nicht mehr als Junge herumlaufen.«

Amin schüttelte den Kopf.

»Doch, das kann ich. Als Frau zu leben, ist viel zu gefährlich. Solange Frauen bei uns nicht die gleichen Rechte wie Männer haben, lebe ich lieber als Mann.«

Wieder ging ein leises Lachen durch den Raum.

»Da kannst du lange warten«, sagte eine der Frauen, die sich als Malaila vorstellte. »Ich habe Jura studiert. In unserer Verfassung steht, dass Frauen die gleichen Rechte haben, aber was ändert das? Schau dich um – warum sind wir hier? Was haben wir getan? Wären wir Männer, dann säßen wir nicht im Gefängnis. Was nutzen die Gesetze, wenn die Polizisten und Richter sie nicht umsetzen?« Sie zeigte auf ein junges Mädchen. »Sie ist erst zwölf! Im Gesetz steht, dass Mädchen erst mit sechzehn Jahren verheiratet werden dürfen und auch nur, wenn sie einverstanden sind. Und es ist per Gesetz verboten, dass man einen Brautpreis für seine Tochter verlangt. Erzähl ihm deine Geschichte, Rana!«

Das junge Mädchen lächelte verlegen. »Mein Vater wollte, dass ich seinen Cousin heirate, weil er Schulden bei ihm hatte.

Das wollte ich aber nicht, er war doch schon vierzig Jahre alt. Aber mein Vater hatte den Brautpreis schon ausgehandelt. Er hat mich geschlagen und gesagt, es geht um die Ehre der Familie ...«

»Und dann ist Rana mit dem Nachbarsjungen davongelaufen, der war dreizehn«, erzählte Malaila weiter. »Das war sehr mutig, und eigentlich hätte die Polizei ihnen helfen müssen. Schließlich waren die Gesetze auf ihrer Seite. Stattdessen fing man sie ein, noch bevor sie weit gekommen waren. Seitdem sitzt ihr Freund wegen Entführung im Männergefängnis und Rana hier, weil sie einverstanden gewesen war. Den Vater und den Cousin hat niemand angeklagt, obwohl es diese beiden waren, die das Gesetz missachtet haben.«

»Warst du in den Jungen verliebt?«, wollte Amin wissen.

Rana schüttelte den Kopf. »Nein, aber er war lieb und viel hübscher als der alte Mann. Was hast du getan, Amina? Warum bist du hier?«

Da war sie wieder, die Frage, auf die er keine Antwort wusste, sosehr er sich auch bemühte. Er hatte keine Erinnerung mehr an das, was unmittelbar vor seiner Verhaftung durch die Polizei passiert war.

»Erzähl uns mehr von deinem Dorf, in dem du gelebt hast«, sagte Malaila.

ZWEI

Die Familie meines Vaters hat schon immer in unserem Dorf gelebt. Aber nachdem die Russen in unser Land einmarschiert waren und die Kämpfe zwischen den Mudschaheddin und den Kommunisten immer schlimmer wurden, floh Baba mit seinen Eltern, seinen beiden Brüdern und seiner Schwester Zohra wie Hunderttausende andere nach Pakistan, wo man sie als Flüchtlinge aufnahm. Dort lebten sie fast zehn Jahre lang, bis die Mudschaheddin Kabul eroberten und der »Islamische Staat Afghanistan« ausgerufen wurde. Damals bekam Khan Najibula eine wichtige Rolle in der Regierung.

Babas Vater war inzwischen gestorben und sein jüngster Bruder Ali lebte schon seit Jahren nicht mehr bei ihnen, sondern hatte sich den Taliban angeschlossen. Er blieb in Pakistan, während Babas restliche Familie in unser Dorf zurückkehrte. Es gab dort nur wenige Häuser ohne Einschusslöcher oder zerstörte Mauern. Sämtliche Felder und Obstbäume waren vertrocknet und doch waren alle froh, wieder zu Hause zu sein.

Khan Najibullah wollte, dass mein Vater nach Kabul ziehen sollte, aber Baba wollte lieber in seinem Dorf bleiben. Damals gab der Khan ihm zum Dank für seine Rettung seine jüngste Tochter Shaima zur Frau und ausreichend Geld, um das Haus zu reparieren und neue Aprikosen-, Pfirsich- und Apfelbäume anzupflanzen.

»Manche Leute sind im Krieg sehr reich geworden und haben sich in Kabul und anderen großen Städten riesige Häuser gebaut«, sagte Großmutter immer, wenn sie uns die Geschichten von damals erzählte.

Meine Familie gehörte nicht dazu. Aber solange genügend Regen vom Himmel fiel und zusätzlich jedes Jahr zu Neujahr der Geldregen von Khan Najibullah kam, musste niemand hungern.

In meinem Leben passierte in diesen Jahren nichts Besonderes, es war wie bei den meisten Jungen im Dorf. Vormittags gingen wir in die Jungenschule und einmal in der Woche in das Gebetshaus zum Koranunterricht.

Auch meine Schwestern besuchten die Schule. Meistens brachten Mutter oder Tante Zohra sie dorthin und manchmal auch ich. Als die Taliban das Land erobert hatten, war die Mädchenschule geschlossen worden. Sie hatten alle Bänke, die Tische und die Tafel zerstört, weil Mädchen ihrer Ansicht nach nichts lernen sollten.

Als Nila sechs Jahre alt wurde, sorgte Khan Najibullah dafür, dass die Schule wieder geöffnet wurde. Er ließ eine neue Tafel anschaffen, neue Tische und Bänke. Die Schule liegt hinter einer hohen Mauer aus Lehm, und vor dem Eingangstor sitzt ein Wachmann, der aufpasst, dass keine Männer hineinkommen. Meine Schwestern wären viel lieber in meine Schule gegangen, vor allem Nila. Sie hasste Mauern.

Nachmittags, wenn ich durch das Tor nach draußen ging, war ich froh, dass ich nicht wie meine Schwestern zu Hause bleiben musste. Jungen spielen Fußball, Jungen fahren Fahrrad und lassen Drachen steigen. Mädchen waschen Geschirr und die Wäsche und helfen beim Kochen.

Aber als Junge musste ich natürlich auch Baba auf dem Feld helfen, so wie meine beiden Cousins ihrem Vater, meinem Onkel Achmed. Wir mussten auch die Aprikosen, Pfirsiche und Pistazien pflücken. Die gefüllten Säcke brachten wir auf unseren beiden Eseln nach Hause, um sie auf dem Dach zum Trocknen auszulegen.

Wenn das Getreide geerntet war, durften wir auf den Feldern unsere Drachen steigen lassen. Manchmal machten die Jungen aus unserem Dorf einen Wettkampf. Dabei wurde der Faden, an dem der Drachen hing, mit Klebstoff beschmiert und dann durch Glas gezogen, das wir in kleinste Splitter zerstoßen hatten. Oben in der Luft musste man seinen eigenen Drachen ganz nah an einen anderen heranführen, um dann mit einem scharfen Ruck den Faden des gegnerischen Drachens zu durchtrennen. Ich war der Jüngste von uns und musste anfangs immer die heruntertrudelnden Drachen einfangen, weil ich so schnell laufen konnte.

Auf einem freien Platz bei den Feldern fanden auch die Hahnenkämpfe statt, zu denen sich die Männer unseres Dorfes einmal in der Woche trafen. Sie ließen ihre Chukar-Hähne gegeneinander kämpfen und wir Jungen durften dabei zuschauen.

Es war eine tolle Stimmung auf dem Platz. Die Trainer feuerten ihre Hähne an und beschimpften die anderen, während die Zuschauer wütend schrien oder jubelten, je nachdem ob der Hahn, auf den sie gewettet hatten, siegte oder verlor.

Baba war ein guter Trainer, seine Hähne gewannen sehr oft und er machte meistens gute Gewinne. Aber wenn einer seiner Hähne verlor oder an den Verletzungen, die er in einem Kampf erhalten hatte, starb, hatte er meist mehrere Tage schlechte Laune. Meine Schwestern fürchteten ihn dann, weil sie ihm nichts recht machen konnten. Er schimpfte darüber, dass sein Tee zu heiß war, dann wieder war er zu kalt oder der Reis war verbrannt. Selbst mit mir schimpfte er ohne jeden Anlass.

Hahnenkampftage waren für die ganze Familie eine aufregende Zeit, weil man nie wusste, wie sie für Baba ausgehen würden. Wenn er einen Hahn verlor, fuhr ich mit meinem

Fahrrad so schnell ich konnte nach Hause, um meine Mutter und meine Schwestern zu warnen.

Das meiste Geld verdiente Baba aber mit dem Züchten von Kampfwachteln, die er einmal im Monat auf dem Markt in Kabul verkaufte. Dabei durfte ich ihn oft begleiten. Baba spannte einen unserer Esel vor einen Karren, auf dem wir die Vogelkäfige transportierten. Mutter war jedes Mal ganz besorgt um uns, denn die Reise nach Kabul dauerte zwei Tage und war nicht ungefährlich.

Selbst wenn man die Stadt erreicht hatte, blieb es gefährlich. In Kabul wurde immerzu irgendwo gekämpft, es hieß, die Taliban würden versuchen, die Hauptstadt zurückzuerobern. Berichte über Explosionen, Autobomben oder Selbstmordattentäter, die sich und andere Menschen in die Luft sprengten, gelangten bis in unser Dorf.

Unser Weg zum Vogelmarkt führte tatsächlich über Straßen, wo nur noch Ruinen standen, in denen aber trotzdem Menschen wohnten. Manchmal sah man am Himmel einen hellen Blitz und hörte einen Knall, wenn die Raketen irgendwo in der Stadt einschlugen.

Aber auf dem Vogelmarkt Ka Faroshi in der Altstadt spürte man nichts vom Krieg. Man hörte nur die Vögel singen und gurren. In bunten Käfigen saßen Tauben, Greifvögel, Eulen, Hühner, Finken, Papageien und Kanarienvögel. Manche Händler hatten eine kleine Bude, in der die Käfige übereinandergestapelt waren oder an Haken von der Decke hingen.

Während Baba neben unserem Karren stand und von dort aus verkaufte, trug ich einzelne Käfige umher und sprach die Leute direkt an. Wir hatten Wachteln, die singen konnten, und solche, die sich streicheln ließen. Die meisten Afghani aber brachten Babas Kampfwachteln ein. Es soll welche geben, die 100 000 Afghani kosten. Aber so wertvoll waren Babas Wachteln nicht, weil wir ihnen nicht so teures Futter geben konnten wie andere Händler. Trotzdem bekam mein Vater immer einen guten Preis dafür, genauso wie für seine Tauben.

Leider verspielte er oft einen großen Teil des Geldes, wenn er in einem der Hinterhöfe beim Vogelmarkt auf einen angeblich unschlagbaren Hahn setzte und meistens verlor. Dann blieb nur noch Geld für einen Sack Futter für seine Wachteln und Tauben, einen Sack Reis für uns, Waschmittel, Süßigkeiten und ganz selten auch für Kleider für die Frauen.

Das mit den Wetten blieb aber ein Geheimnis zwischen Baba und mir. Wenn Mutter mich fragte, ob die Geschäfte wirklich so schlecht gelaufen waren, nickte ich nur und sagte, dass zu viele Händler Kampfwachteln angeboten hätten und dadurch die Preise gesunken wären.

Ich hasste es, Mutter zu belügen, außerdem war das gegen Allahs Gebot. Unser Mullah hatte uns beigebracht, dass man nicht nur Allah gegenüber ehrlich sein muss, sondern auch gegenüber den Menschen. Aber ich wollte meinen Vater nicht verraten und das zählte mehr.

Nila beneidete mich um diese Reisen nach Kabul. Sie wäre auch lieber ein Junge gewesen. Obwohl meine Schwestern längst wussten, dass ich keiner war, nahmen sie es hin, denn unser Vater hatte das entschieden und es war gut so. Auch meine Mutter war damit einverstanden, und als ich es selbst herausgefunden hatte, sagte sie, wie glücklich sie für mich sei, dass ich einige Jahre meine Freiheit genießen könne.

Bis zu dem Tag, als ich die Wahrheit erfuhr, hatte ich nie darüber nachgedacht, dass es eines Tages damit vorbei sein könnte und ich mich in eine Frau verwandeln müsste – eines Tages, der mit jedem neuen Tag näher rückte. Dann würde ich genau wie meine Schwestern zu Hause sitzen und darauf warten, verheiratet zu werden.

Auch wenn meine Schwestern in der Schule lernten, dass laut unserer Verfassung Frauen dieselben Rechte hatten wie Männer und nicht verkauft werden durften, änderte das nichts. In meiner Jungenklasse redeten wir nicht über Frauenrechte. Das interessierte den Lehrer nicht und uns Jungen auch nicht. Weil am Ende doch nur das geschah, was der Mann bestimmte – der Großvater, der Vater oder der Bruder.

»Die Regierung mit ihrer Verfassung ist weit weg!«, hat Baba immer gesagt. »Und sie ist schwach. Sie kann uns nicht einmal vor den Angriffen der Taliban schützen. Vor nichts und niemandem. Seht doch, sie braucht sogar fremde Soldaten aus der ganzen Welt, damit wir in Sicherheit leben können. Und was ist das für eine Sicherheit? Jeden Tag gibt es neue Terrorangriffe und Tote. Der einzige Schutz, den wir haben, ist die Familie und unser Stamm, und deshalb bestimmen auch die Familie und der Stamm, was gemacht wird.«

In dieser Zeit war Vater oft wütend auf Nila, wenn sie erzählte, was sie in der Schule gelernt hatte, und vor allem wenn sie ihm widersprach. Aber was nutzte es, wenn man in der Schule etwas lernte, um es dann herunterzuschlucken, weil man sonst Ärger bekam?

Als Junge musst du das nicht. Als Mädchen musst du die Augen auf den Boden richten und zu allem Ja sagen, was der Vater oder der Onkel befiehlt. Meine Schwestern mussten sogar mir gehorchen. Weil ich ein Junge bin. Wenn ich meinem Vater widersprach, dann lachte er nur, streichelte mir übers Haar und freute sich darüber, dass ich meine eigene Meinung habe.

Manchmal wenn wir auf dem Weg zur Schule am kleinen Markt vorbeikamen, blieb Nila plötzlich stehen, hielt ihr Gesicht in den Wind und atmete tief ein.

»Was machst du, Nila?«, fragte ich sie.

»Es duftet nach Freiheit!«, sagte sie dann leise.

»Das sind die Abgase der Autos.«

Sie nickte. »Und der Duft von Aprikosen und Pfirsichen und …«

Ich drängte sie weiter. Wir würden noch zu spät kommen. Was für eine verrückte Idee! Das konnte nur Nila einfallen. Seit wann hatte die Freiheit einen Geruch? Sie war einfach da, wie die Luft zum Atmen.

Aber seit ich wusste, dass meine Freiheit bald ein Ende haben würde, konnte ich ihn auch riechen: den Duft der Freiheit. Es war ein berauschender Duft, der immer stärker wurde, je näher der Moment kam, an dem ich meine Freiheit verlieren würde.

Ich bin nicht stark und auch nicht besonders mutig. Ich bin ein bacha posh, meine Stärke und mein Mut sind nur geliehen, solange ich Hosen trage. Wenn ich Frauenkleider anziehen muss, verliere ich das alles, genau wie den Respekt der Menschen in meiner Familie und außerhalb unserer Mauern. Als Frau ist man nichts wert, und wenn man das immerzu gesagt bekommt und auch so behandelt wird, dann glaubt man es schließlich selbst. So wie meine Schwester Najiba.

Wenn man stark ist, obwohl man eine Frau ist, dann ist das echte Stärke. Ich werde meine Stärke verlieren, sobald ich meine Hosen ausziehe. Dann wird die Freiheit nur noch ein wunderschöner Duft sein, der mit den Jahren verfliegt. Ich habe versucht, so viele Düfte wie möglich mit meiner Nase einzufangen, als Schatz für später.

■ ■ ■

»Das hast du schön gesagt: der Duft der Freiheit.«

Es war inzwischen wieder dunkel geworden. Amin konnte die Gesichter der Frauen nicht mehr sehen, obwohl sie ihre Schleier nun abgelegt hatten. Er hörte nur noch ihre leisen Stimmen, denen er aber kein Gesicht zuordnen konnte. Nur Malailas Stimme erkannte er sofort wieder. Sie war dunkler als die der anderen Frauen und fester. Angst wohnte nicht auf ihrer Zunge.

»Schau mich an, Amina!«, sagte eine junge Frau, zu deren Füßen ein kleiner Junge mit einem Aprikosenkern spielte. »Ich bin auch als bacha posh aufgewachsen. Meine Mutter wollte, dass ich einige Jahre als Junge lebe, damit ich selbstbewusst werde. Mein Vater war einverstanden, aber mit dreizehn war es damit vorbei. Ich musste Frauenkleider anziehen. Fahrrad fahren und Fußball spielen waren von einem Tag auf den anderen verboten. Anfangs habe ich nur am Fenster gesessen und den Jungen draußen zugeschaut, die meine Freunde gewesen waren und mit denen ich jetzt nicht mehr sprechen durfte. Mit sechzehn wurde ich verheiratet. Nach einem Jahr, nach der Geburt meines Sohnes, bin ich weggelaufen. Ich habe es nicht länger ausgehalten. Ich konnte nicht als Frau neben meinem Mann im Bett liegen. Ich war immer noch ein Junge, ein Mann und keine Frau. Mein Mann hat mich wegen Kindesentführung angezeigt.« Sie deutete auf ihren Sohn. »Die Polizei hat mich verhaftet und hierhergebracht. Es war gut, dass sie mich eingesperrt haben, bevor mein Mann mich gefunden hat. Wer weiß, ob ich dann noch leben würde. Niemand läuft einem Mann davon, hat er immer gesagt. Das verletzt seine Ehre.«

»Wie lange musst du hierbleiben?«, fragte Amin.

Die Frau zuckte mit den Schultern. »Keine Ahnung. Es gab keinen Prozess. Und vielleicht wird es nie einen geben. Aber hier sind wir wenigstens sicher.«

Amin schaute auf den kleinen Jungen, der fröhlich winkte und ihm den Aprikosenkern zuwarf.

»Kennst du das Märchen vom lustigen Aprikosenkern?«, fragte er den Jungen.

Der Kleine schüttelte den Kopf.

Amin drehte den Kern in seinen Fingern und lächelte.

»Woran denkst du, Amina?«

DREI

»Es war einmal oder auch nicht.« So begann jedes von Großmutters Märchen.

In den Wintermonaten kamen wir Kinder am Ofen in ihrer Wohnung zusammen, und dann erzählte sie von Königstöchtern und Feen, von bösen Zauberern und Riesen. In ihren Geschichten gab es lachende Pistazien, weinende Granatäpfel und lustige Aprikosenkerne, mit deren Magie die Bösen besiegt werden konnten. Am besten gefiel mir die Geschichte von der wunderschönen Prinzessin Kiana, die von einem Drachen bewacht und von dem ebenfalls wunderschönen Prinzen Murat nach vielen Abenteuern befreit wurde. Danach heiratete Murat die Prinzessin und sie lebten glücklich bis ans Ende ihrer Tage und hatten viele Kinder.

Während meine Schwestern Prinzessinnen sein und sich von einem mutigen Prinzen retten lassen wollten, sah ich mich in der Rolle von Prinz Murat, der mit seinem Schwert, seinem Mut und seiner Tapferkeit den Drachen besiegte und die Prinzessin für sich eroberte.

An diesen Träumen änderte sich auch nichts, als ich längst wusste, dass ich eigentlich ein Mädchen war. Mädchen kämpften nicht mit Waffen und töteten auch keinen Drachen. Ich erzählte niemandem von meinen Träumen, obwohl mir schon damals klar war, dass ich niemals eine Prinzessin sein wollte, die auf einen Prinzen wartet. Ich war ein Junge, und ein Junge kämpft.

Großmutters Geschichten gingen immer gut aus. Am Schluss wurden alle gerettet, meist gab es eine wunderbare Hochzeit und die Bösen wurden bestraft. Wir liebten diese Märchen, auch wenn es darin Gefahren gab und verletzte oder jahrelang eingesperrte Personen. Am Ende wurden sie befreit und die Bösen an ihrer Stelle eingesperrt.

Die Geschichten, die der Malang mir erzählte, gingen selten gut aus. Er wohnte immer noch in der Hütte auf Babas Feld, und nachdem ich meine Angst verloren hatte, besuchte ich ihn fast jeden Tag. Bevor er in unser Dorf kam, war er viel umhergereist und sogar bis nach Indien gekommen. In seinen Geschichten gab es keine Prinzessinnen und Prinzen, dafür aber viele Dschinn, die meist böse waren und den Menschen schaden wollten.

Vom Malang lernte ich, dass die Dschinn eigentlich unsichtbare Geister sind, sich dem Menschen aber auch als schwarze Katzen, Ziegen oder Riesen zeigen können. Um sie nicht zu stören, sollte man sich nicht länger als nötig in der Toilette aufhalten oder in der Nähe von Müll. Der Malang galt als Dschinn-Experte, und so kamen viele Leute aus dem Dorf zu ihm, um sich einen Abwehrzauber zu besorgen.

Oft spielte er mir auf seiner Nayflöte etwas vor. Ihr Klang machte mich traurig und voller Sehnsucht. Es ist die Stimme des Menschen, der auf der Suche nach Gott ist, erklärte er mir.

Manchmal ging ich mit meiner Großmutter zu ihm, und dann erzählte er uns von dem berühmten Dichter Rumi, der vor über siebenhundert Jahren in Persien gelebt hat, und zitierte aus seinen Werken. Großmutter liebte seine Verse, und auch wenn ich die Bedeutung nicht ganz verstand, gefiel mir der Klang seiner Worte.

Als Großmutter starb, waren wir alle sehr traurig, auch der Malang. Tagelang ritzte er die Worte Rumis, die sie so geliebt hatte, in einen Stein:

»Siehe, ich starb als Stein und ging als Pflanze auf,
starb als Pflanze und nahm dann als Tier den Lauf.
Starb als Tier und ward ein Mensch. Was fürcht' ich dann,
da durch Sterben ich nie minder werden kann!
Und wenn ich dann wieder werd' als Mensch gestorben sein,
wird ein Engelsfittich mir erworben sein.
Und als Engel muss ich sein geopfert auch,
werden, was ich nicht begreif': ein Gotteshauch!«

Ich brachte den Stein auf den Friedhof und legte ihn auf ihr Grab. Zum Glück kam unser Mullah außer für Beerdigungen nie dorthin, wo die Frauen lagen. Sonst hätte er den Stein wohl entfernt. Die anderen Frauen, die sich am Grab trafen, konnten nicht lesen. Mich tröstete es, dass Großmutter nun ein Hauch Gottes war.

Nach Großmutters Tod übernahm Tante Zohra die Aufgabe, uns Geschichten zu erzählen. Aber in ihren Geschichten kamen keine Prinzessinnen und Prinzen und auch keine Dschinn vor. Tante Zohra erzählte von Ereignissen, die tatsächlich passiert waren, lange vor meiner Geburt.

Da war zum Beispiel die Geschichte von Malalai, einer jungen Frau, die vor hundertfünfzig Jahren gelebt hatte. Als die Briten versucht hatten, Afghanistan zu erobern, zogen ihr Vater und ihr Verlobter in den Krieg. Malalai pflegte wie viele afghanische Frauen die Verwundeten und holte Wasser und Ersatzteile für die Waffen. Das tat sie auch an dem Tag der Schlacht, der eigentlich ihr Hochzeitstag sein sollte, an dem ihr Verlobter aber starb. Als der Kampf der Afghanen beinahe verloren war, machte Malalai aus ihrem Schleier eine Fahne und rannte auf den Feind zu. Da schöpften die Soldaten wieder Mut und besiegten die Briten. Doch Malalai überlebte diese Schlacht nicht.

Bei uns werden eigentlich nur Männer als Märtyrer verehrt, weil nur Männer im Krieg kämpfen. Malalai aber wurde wie eine Märtyrerin beerdigt und ihr Grab wird heute noch als Schrein verehrt. Tante Zohra erzählte, dass sogar Krankenhäuser und Schulen nach ihr benannt wurden.

Meine Schwestern Nila und Najiba liebten diese Geschichte und konnten sie nicht oft genug hören, weil sie zeigt, dass man auch als Frau etwas erreichen kann und von Männern anerkannt wird, wenn man nur mutig genug ist. Ich mochte die Geschichte auch, wollte sie aber nicht ständig hören, weil sie mich ja nicht betraf.

Tante Zohra bewahrte auch ein Fotoalbum von Nilas Mutter auf. Oft saß ich mit Nila bei ihr und schaute mir die Bilder darin an. Nilas Mutter Shaima war mit drei älteren Schwestern und zwei Brüdern in Kabul aufgewachsen. Sie war dort auch zur Schule gegangen. Die Fotos zeigten sie in einem Haus, dessen Wohnzimmer größer war als unsere und Onkel Achmeds Wohnung zusammen.

Es gab auch Bilder von einer Party in dem Haus. Die Männer trugen Anzüge mit Hemden und Krawatten und die Frauen kurze Röcke, sodass man ihre nackten Beine sehen konnte. Ihre Schuhe hatten hohe Absätze und ihre Kleider weite Ausschnitte und kurze Ärmel. Nila und mir war es etwas peinlich, ihre Mutter mit nackten Armen zu sehen.

Tante Zohra lachte uns aus.

»In Kabul war es damals ganz normal für Frauen, so herumzulaufen. Dass Mädchen zur Schule und zur Universität gingen, ebenfalls. Sie wurden Lehrerinnen, Ärztinnen und Anwältinnen.« Sie zeigte uns ein Foto von Nilas Tanten in Sportkleidung.

»Die eine hat Basketball gespielt, die andere Karate gelernt. Für Mädchen war alles möglich, zumindest in der Hauptstadt.«

Tante Zohra hatte diese Zeit nur für einige Wochen kennengelernt, als sie eine Cousine, die an einen reichen Mann in Kabul verheiratet worden war, nach der Hochzeit begleitete.

»Und was ist dann passiert?«, wollte Nila wissen.

»Nicht alle waren davon begeistert, dass unser König Mohammed Zahir Schah Sitten in unserem Land erlaubte, die er in westlichen Ländern gesehen hatte«, erzählte Tante Zohra weiter. »Er war in Frankreich erzogen worden und hatte dort studiert. Er führte freie Wahlen in Afghanistan ein, auch für Frauen, und erlaubte, dass Mädchen zur Schule gehen. Es gab aber viel Kritik von den Mullahs, die ihn beschuldigten, gegen Allahs Gebote zu verstoßen. Am Ende wurde der König von seinem Cousin gestürzt, der sich ebenfalls nicht lange halten konnte. Einige Jahre später marschierten die Russen in unser Land ein. Den Rest kennt ihr: wie euer Vater Nilas Großvater gerettet hat und dabei schwer verletzt wurde und wie wir nach Pakistan geflüchtet sind. Wir wären sicher nicht in unser Dorf zurückgegangen, wenn wir gewusst hätten, dass nur wenige Jahre später die Taliban an die Macht kommen würden. Dann nämlich begann der Horror. Unter der Regierung der Taliban wurde fast alles verboten: jede Art von Musik, das Tanzen auf Hochzeitsfeiern und auch Kinderspielzeug. Wir Frauen mussten einen tschaderi tragen und durften nur in Begleitung eines Mannes auf die Straße. Alle Mädchenschulen wurden geschlossen, Frauen durften nichts mehr lernen. Wer dagegen verstieß, wurde brutal bestraft.«

Tante Zohra zeigte uns ihren Rücken. Sie hatte damals versucht, heimlich eine kleine Schule für die Mädchen in unserem Hof zu führen. Dafür war sie ausgepeitscht worden. Sie zeigte uns die Narben an ihren Beinen und am Rücken. Drei Wochen lang lag sie mit hohem Fieber im Bett.

Als sie wieder ohne Schmerzen gehen konnte, hat sie weitergemacht, noch vorsichtiger als vorher, aber sie hat nie daran gedacht aufzugeben.

»Ohne Bildung werden wir Frauen nie etwas an unserer Situation ändern können. Ohne Bildung werden wir Gefangene bleiben«, hat sie immer gesagt.

Ich bewunderte sie dafür. Durch ihren Mut haben viele Mädchen in unserem Dorf lesen und schreiben gelernt, vieles über unsere Geschichte erfahren und dass es eine Verfassung gibt, in der festgeschrieben ist, dass Frauen und Männer die gleichen Rechte haben. Aber am Ende hat ihr Mut ihr nur den Tod gebracht …

■ ■ ■

»Meine Mutter hat die Zeit vor den Taliban immer ›unser goldenes Zeitalter‹ genannt«, erzählte eine der Frauen, die Leyla hieß, »weil für uns Frauen alles möglich war. Sie war Lehrerin an unserer Mädchenschule und ich habe mit meinen Freundinnen in den Pausen und auch zu Hause Fußball gespielt. Ich war sogar in einer richtigen Fußballmannschaft für Mädchen. Ich war zehn Jahre alt, als die Taliban Kabul eroberten und mein Leben zerstörten. Auf einmal war alles verboten, die Schule und vor allem Sport für Mädchen. In unserem Fußballstadion ließen die Taliban Menschen öffentlich hinrichten ... auch meinen Vater ...«

Leyla musste schlucken, dann stand sie auf und ging ein paar Schritte in den Innenhof. Die anderen hörten sie leise weinen.

»Erzähl weiter, Amina«, sagte Malalai, die ebenfalls aufgestanden war und zu Leyla ging. Sie hockte sich neben sie und legte den Arm um sie.

Amin starrte auf die weinende Leyla. »Warum haben sie ihren Vater ermordet?«

»Vielleicht hat er sich keinen Bart wachsen lassen oder ist zu spät zum Gebet in die Moschee gekommen. Vielleicht hat er irgendwas gesagt, was sie als Gotteslästerung ausgelegt haben«, sagte eine Frau namens Nasrin wütend. »Leyla hat nie darüber gesprochen. Erzähl weiter, Amina!«

VIER

Manchmal kamen wir ganz verängstigt von Tante Zohras Märchenstunde zurück in unsere Wohnung, vor allem weil sie immer wieder sagte, dass die Taliban noch nicht besiegt waren. Sie wären wieder auf dem Vormarsch und hätten schon große Teile des Landes zurückerobert. Mein Vater war dann wütend auf Tante Zohra und schimpfte mit ihr.

»Kommen die Taliban auch zu uns, Baba?«

Er beruhigte uns und erzählte, dass internationale Truppen die Taliban nach drei Jahren Herrschaft vertrieben hätten. Die Taliban hatten sich mit der Terrorgruppe al-Qaida verbündet, die im September 2001 Anschläge in New York verübt hatte. Weil die Taliban sich weigerten, den Anführer der al-Qaida auszuliefern, marschierten amerikanische Truppen in unser Land und vertrieben die Taliban. Seitdem schützten die Amerikaner zusammen mit Soldaten aus anderen Ländern unsere Regierung und unser Land, erzählte Baba.

Die fremden Soldaten in ihren Panzern kannten wir. Sie fuhren häufig durch unser Dorf und wirbelten viel Staub auf.

Wenn ich mit Baba in Kabul war und er sich mit den Vogelhändlern unterhielt, hörte ich ganz andere Nachrichten, die mich beunruhigten. Aber davon erzählte ich Nila und den anderen Frauen nichts. Die Taliban waren tatsächlich auf dem Vormarsch und hatten bereits einige Städte zurückerobert. Vor allem aber verbreiteten sie in Kabul und anderen großen Städten Angst und Schrecken, weil sie immer öfter Autobomben zündeten und einige von ihnen sich als Selbstmordattentäter in die Luft sprengten, vor allem an Orten, wo sich viele Menschen aufhielten.

Einmal kamen wir auf dem Rückweg zum Dorf über einen Platz, auf dem gerade eine Bombe explodiert war. Die Menschen schrien, überall lagen Tote und Verletzte und sehr viel Blut war zu sehen.

Baba zog mich weiter. Ich hörte, wie er auf dem ganzen Rückweg Gebete murmelte. Das war das letzte Mal, dass er mich nach Kabul mitnahm. Ich war traurig, weil ich den Vogelmarkt sehr mochte, aber auch erleichtert. Es hätte ja auch uns treffen können. Das nächste Mal hätten wir vielleicht nicht so viel Glück gehabt.

Mein Vater fuhr nun auch seltener nach Kabul. Trotzdem beschäftigte er sich fast nur noch mit der Zucht seiner Kampfwachteln, seit er gehört hatte, dass man mit einer einzigen mehrere Tausend Afghani verdienen konnte. Er vernachlässigte sogar seine Felder dafür. Onkel Achmed half mir bei der schweren Feldarbeit, weil Baba ihm einen Anteil versprochen hatte, wenn er mit seinen Wachteln einen solchen Gewinn machen würde.

Und dann waren sie eines Tages da, die Taliban. Es war an einem Abend, als ich mit meinen Freunden auf den Feldern war, um Drachen steigen zu lassen. Da sahen wir sie.

Es waren vielleicht dreißig. Sie gingen zu Fuß, und im Schritttempo folgte ein altes rotes Auto, in dem ein Mann saß. Wie sich später herausstellte, war das ihr Anführer. Wir hatten schon viele Soldaten gesehen, aber diese waren anders. Sie hatten ihre Gesichter hinter Tüchern verborgen und hielten Maschinengewehre in den Händen.

Wir standen da und beobachteten, wie sie auf der roten Schotterstraße näher kamen.

»Die Taliban!«, flüsterte mein Freund Habib plötzlich. Und dann rannte er los, in Richtung Dorf. »Wir müssen sie warnen!«

Er kam nicht weit, als ein Schuss fiel. Habib schrie auf und stürzte zu Boden. Wir warfen uns alle schreiend hin, duckten die Köpfe in den Sand und hielten den Atem an.

Ich hörte ein Auto neben mir bremsen und dann Schritte. Plötzlich stieß mich ein Fuß in die Seite.

»Steh auf! Los, ein bisschen schneller!«

Ich richtete mich auf. Der Mann im Auto winkte mich zu sich. Sein rechtes Auge war von einer schwarzen Augenklappe bedeckt.

»Salem aleikum! Wie heißt du, Junge?«

»Aleikum salem! A...Amin, Sahib!«, stotterte ich.

»Ich suche Abdul. Weißt du, wo er wohnt?«

»Ich kann dich hinbringen, Sahib. Ich bin sein Sohn.«

Der Mann musterte mich von oben bis unten.

»Abdul ist dein Vater? Du bist sein Sohn?«

Er betonte das Wort »Sohn« irgendwie merkwürdig, und ich ahnte, dass er Bescheid wusste.

Ich lief voraus, die Taliban hinter mir her. Als wir an Habib vorüberkamen, lag er immer noch regungslos da. Ich blieb stehen und drehte mich zu dem Fremden um.

»Was ist mit ihm? Er ist mein Freund.«

»Lass ihn liegen«, sagte der Talib, der mich mit seinem Fuß angestoßen hatte. »Wir kümmern uns später um ihn.«

In diesem Moment wurde mir klar, dass Habib nie wieder aufstehen würde. Er war tot, erschossen, weil er die Dorfbewohner vor den Taliban hatte warnen wollen. Ich musste würgen, aber ein Gewehrkolben in meinem Rücken schubste mich vorwärts.

Das Dorf lag wie ausgestorben da, aber ich spürte die Augen, die uns von überallher beobachteten. Baba trainierte gerade seine Kampfwachteln, als ich in den Hof kam, hinter mir der Anführer.

Das gibt Ärger!, dachte ich nur, denn Tante Zohra hatte mir erzählt, dass die Taliban Tierkämpfe und das Züchten von Tauben verboten hatten. Sie wollten nicht, dass die Männer ihr Geld für Wetten ausgaben. Das war das einzige Verbot, das ich gut fand, denn wie oft hatte mein Vater schon alles verspielt, was wir dringend für Nahrungsmittel und Samen für die Felder brauchten.

Aber dann kam die größte Überraschung: Der Anführer hinter mir war Ali, der jüngste Bruder meines Vaters, der in Pakistan von den Taliban ausgebildet worden war und seitdem verschwunden war. Er hatte mit den Taliban gekämpft und war auch bei der Eroberung von Kabul im Jahr 1996 dabei gewesen. Nach dem Sieg der Amerikaner kehrte er zurück nach Pakistan, wo seine Frau und seine Kinder lebten. Vor einem Jahr ging er wieder in den Norden Afghanistans und kämpfte dort gegen die deutschen Soldaten, die in Kundus stationiert waren.

Meine Schwestern und Cousinen brachten grünen Tee gewürzt mit Kardamom zur Begrüßung von Onkel Ali und seinem Gefolge. Mutter und Tante Filiz, die Frau von Onkel Achmed, brachten frisches naan, das sie am Nachmittag gebacken hatten. Hühner wurden geschlachtet und über einem Feuer gegrillt, das Baba in der Mitte des Innenhofes anzünden ließ.

An diesem Abend herrschte eine merkwürdige Stimmung auf unserem Hof. Wir taten alle so, als ob wir uns über die unerwarteten Gäste freuen würden. Dabei wünschten wir uns nur, dass sie so schnell wie möglich wieder verschwanden, denn mit ihnen war die Angst in unser Dorf zurückgekommen und die Erinnerung an die furchtbare Zeit der Talibanregierung. Selbst Großmutter wäre bestimmt nicht glücklich gewesen, obwohl sie sich immer gewünscht hatte, dass ihr jüngster Sohn eines Tages nach Hause kommen würde. Aber nicht als Anführer einer Talibantruppe. Tante Zohra behauptete sogar, sie wäre krank, um ihren Bruder nicht begrüßen zu müssen. Von dem Moment an, als er unseren Hof betrat, fingen ihre Narben am Rücken an zu schmerzen, hat sie zu Baba gesagt. Sie hasste alles, was mit den Taliban zu tun hatte, und das kann man ja auch verstehen.

Ich saß mit meinen Cousins im Innenhof, nicht direkt bei den Männern, aber doch so nahe dabei, dass wir alles verstehen konnten, was erzählt wurde:

Onkel Ali und seine Leute hatten zwei Tanklaster entführt und wollten sie in der Nähe der deutschen Militärbasis in die Luft sprengen. Die Laster aber waren bei der Überquerung des Kundusflusses in der Nähe eines Dorfes stecken geblieben. Man holte Traktoren vom Dorf, aber die Laster ließen sich nicht herausziehen. Das Benzin war nicht mehr zu retten, daher erlaubte Onkel Ali den Dorfbewohnern, es in Kanistern abzufüllen.

Mitten in der Nacht zogen Männer, Frauen und Kinder aus dem Dorf mit Kanistern zum Fluss, um sich das kostbare Benzin dort abzuholen.

Auf einmal sahen sie zwei Flugzeuge in der Luft. Das war nichts Besonderes, denn in diesen Tagen flogen immer irgendwo Flugzeuge am Himmel herum. Manche kreisten nur zur Aufklärung und flogen dann davon, andere warfen Raketen ab. Diese beiden gehörten zu den Raketenwerfern. Bevor die Menschen unten die Gefahr bemerkten und sich in Sicherheit bringen konnten, explodierten die Raketen auch schon auf dem Boden.

Es gab einen riesigen Feuerball, schreiende brennende Menschen, die sich im Fluss wälzten, andere lagen reglos am Boden, Kinder, Frauen und Männer liefen in schrecklicher Angst umher.

Onkel Ali erzählte das so ausführlich, dass wir alle glaubten, direkt dabei zu sein. Ich habe noch tagelang davon geträumt, und meine Cousins und ich gerieten seit diesem Abend jedes Mal in Panik, sobald wir Flugzeuge am Himmel sahen.

Erst Jahre später habe ich im Internet gelesen, dass die Flugzeuge am Kundusfluss von den deutschen Offizieren in der Militärbasis angefordert worden waren, um die Tanker zu zerstören, weil man nämlich schon befürchtet hatte, dass die Taliban sie für einen Anschlag nutzen würden. Es hieß, die Deutschen hätten geglaubt, es wären nur Taliban unten am Fluss. Ein Informant, der ein falsches Spiel spielte, hatte das berichtet, angeblich eine sichere Quelle. Dann wäre es ein deutscher Kriegsangriff gegen feindliche Gegner gewesen, die einen Anschlag planten. Aber außer Onkel Ali und seinen Leuten waren nur wenige Taliban darunter, die anderen waren einfache Dorfbewohner.

Onkel Ali hatte noch Glück gehabt. Er war am Leben geblieben. Aber ein Splitter war in sein Auge geflogen, es war nicht zu retten. Außerdem hatte er eine schwere Brandverletzung am linken Bein, sodass er sich auf Krücken stützen musste. Unter den Toten aber war sein einziger Sohn Faim, erst vierzehn Jahre alt. Es war sein erster Einsatz für die Taliban gewesen. Und sein letzter.

Es wurde uns allen schnell klar, dass Ali nicht gekommen war, um für immer bei uns zu wohnen, worüber ich sehr froh war. Ich hasste ihn für das, was er mit meinem Freund gemacht hatte. Zur Beerdigung durfte ich auch nicht gehen, das hatte Baba aus Rücksicht auf Onkel Ali verboten. Und Habibs Familie konnte nicht einmal laut weinen, weil sie fürchteten, die Taliban würden erneut schießen. Auch wenn Ali den tödlichen Schuss nicht abgegeben hatte, so hatte er doch immerhin den Befehl gegeben.

Onkel Ali war zu uns gekommen, weil er einen sicheren Ort brauchte, um seine Verletzungen auszukurieren. Und sicher war man in diesen Tagen nur bei seiner eigenen Familie, hatte er gedacht. Dabei hätte ich keinen Moment gezögert, ihn zu verraten, wenn ich nur gewusst hätte, an wen und wo.

Da unser Haus das schönste im Dorf war und Onkel Ali sich bei seiner Familie am sichersten fühlte, wollte er selbstverständlich bei uns wohnen. Meine Mutter und meine Schwestern zogen zu Tante Zohra, ich schlief im Zimmer meiner Cousins.

Tagsüber lag Onkel Ali meist in seinem Zimmer und schlief. Er hatte Fieber und nachts böse Träume. Manchmal schrie er so laut, dass wir alle wach wurden. Baba, der ohnehin nach Kabul wollte, um seine Kampfwachteln zu verkaufen, bekam den Auftrag, Medikamente und Verbandszeug von dort mitzubringen. Ich bettelte, dass er mich mitnahm, aber er erlaubte es nicht, weil er es meiner Mutter versprochen hatte.

Wenn es ihm etwas besser ging, traf Onkel Ali sich mit seinen Leuten im Versammlungsraum unseres Gebetshauses oder in der Mädchenschule, die er gleich am ersten Tag nach seiner Ankunft als Unterkunft für seine Leute beschlagnahmt hatte.

Daraufhin unterrichtete Tante Zohra meine Schwestern in ihrer Wohnung, und ihr gelang es auch an den meisten Tagen, unter einem Vorwand zu ihrer Freundin zu gehen, die am Rande des Dorfes wohnte, um den Unterricht für die anderen Mädchen dort fortzusetzen.

Ich besuchte zunächst weiterhin die Jungenschule, bis Onkel Ali beschloss, dass wir außer dem Koran keine Bücher brauchten. Er hatte vor, aus uns allen Krieger zu machen. Unsere Lehrer mussten das Dorf verlassen und der

Mullah übernahm unseren gesamten Unterricht, der nur noch aus dem Auswendiglernen von Koransuren bestand.

Onkel Ali beachtete uns Kinder für gewöhnlich gar nicht, ich bemerkte nur, wie er mich manchmal insgeheim musterte. Und einmal hörte ich, wie er zu Onkel Achmed sagte, Allah hätte verboten, dass man sich als Frau wie ein Mann kleidet.

»Es ist gegen das Gebot Gottes. Und es gibt nichts Schlimmeres, als gegen das Gesetz Allahs zu verstoßen.«

Gotteslästerung, hatte Tante Zohra uns einmal erzählt, war während der Herrschaft der Taliban mit dem Tod bestraft worden. Im Sportstadion von Kabul hatten sie die Menschen öffentlich hingerichtet. Sie mussten sich hinhocken und wurden von Männern mit Steinen beworfen, bis sie sich nicht mehr rührten.

Ich fürchtete mich vor Onkel Ali, ging ihm wenn möglich aus dem Weg und wünschte nur, dass er so schnell wie möglich gesund werden und weiterziehen würde.

Aber er blieb und fing stattdessen an, unser Dorf in eine Talibanfestung umzubauen. Er baute keine Mauern, führte aber all die Regeln wieder ein, die zusammen mit den Taliban im Jahr 2001 verschwunden waren.

Mein Onkel ließ alle Dorfbewohner auf dem Marktplatz zusammenkommen, um uns die neuen Gesetze und die Strafen bei einem Verstoß dagegen zu verkünden. Selbst die Kranken und der Malang mussten herbeigeschafft werden, damit hinterher niemand sagen konnte, er habe nichts davon gewusst. Das Auspeitschen war noch die geringste Strafe. Einem Dieb sollte die rechte Hand abgeschnitten werden.

»Hütet euch davor, die Ehe zu brechen oder den Namen Allahs zu beschmutzen! Für diese Verbrecher sieht die Scharia die Todesstrafe durch Steinigung vor!«, rief Onkel Ali.

Jede Frau musste nun außerhalb des Hauses einen tschaderi tragen. Die meisten Frauen, die auf dem Marktplatz versammelt waren, hatten sich vorsichtshalber schon einen übergezogen. Der Platz war dort, wo die Frauen standen, ein Feld aus blauen Schleiern, die ihre Körper vollständig bedeckten. Selbst Tante Zohra trug einen, den sie sich von meiner Mutter ausgeliehen hatte, denn ihren eigenen hatte sie nach dem Abzug der Taliban sofort verbrannt.

Großmutter hatte uns einmal erzählt, dass der tschaderi vor hundert Jahren von König Habibullah eingeführt worden war. Er wollte nicht, dass die zweihundert Frauen seines Harems andere Männer in Versuchung brachten, wenn sie einmal sein Schloss verließen.

Onkel Ali ließ auch das Spielen von Musik verbieten, worüber ich besonders traurig war. Ich würde nie mehr die Nayflöte hören. Selbst bei Hochzeiten waren Musik und Tanz ab sofort verboten. Zum Gebet mussten alle Männer nun drei Mal am Tag in das Gebetshaus kommen, das Beten auf dem Feld oder zu Hause war verboten, sonst wurde man verhaftet. Männer mussten einen langen Bart tragen, aber die Haare durften sie sich nicht wachsen lassen. Auf einen Wink von Onkel Ali wurde der Malang in die Mitte des Platzes gezerrt, wo ihm seine langen Haare abgeschnitten wurden.

Wir Jungen sollten zwar nachmittags weiter aufs Feld zur Arbeit gehen, aber es war nun verboten, abends Drachen steigen zu lassen. Laut Onkel Ali stand auch im Koran, dass man keine Abbildungen von Lebewesen und Personen machen durfte. Daher sollten alle Bilder und Fotos vernichtet werden. In unserem Dorf hatte noch niemand etwas von dieser Vorschrift gehört. Ich glaube, abgesehen von den alten Fotos im Album von Nilas Mutter gab es sowieso keine Bilder im Dorf.

Als meine Schwester Nila das hörte, fing sie laut an zu weinen. Onkel Ali schaute sie verärgert an und wiederholte sein Verbot. Aber Nila konnte nicht aufhören zu schluchzen, bis Tante Zohra sie in den Arm nahm und ihr zuflüsterte: »Keine Sorge. Niemand wird die Fotos deiner Mutter zerstören. Ich habe sie schon einmal gerettet.«

Am Ende schwirrte uns allen der Kopf von den vielen Verboten. Man wusste gar nicht mehr, was noch erlaubt war und was nicht. Nila murmelte leise: »Am besten setzt man sich in eine Ecke und bewegt sich nicht, dann kann man auch keinen Fehler machen.«

Meinen Vater trafen die Verbote besonders schwer. Da Wettspiele nicht mehr erlaubt waren, durfte er seine Kampfwachtelzucht nicht weiter betreiben. Auch das Halten von Tauben war ab sofort verboten. Onkel Ali schickte noch am selben Abend seine Männer herum, die alle Tauben auf den Dächern der Dorfbewohner einsammeln sollten.

Baba hatte nicht damit gerechnet, dass sein Bruder Ali auch vor seinen Tauben nicht haltmachen würde. Während die meisten Männer im Dorf ihre Tiere rechtzeitig freigelassen hatten, hatte Baba das Verbot einfach ignoriert. Aus seinen Tauben machten Onkel Ali und seine Leute nun ein Festessen, der Geruch nach gebratenem Fleisch lag wie eine Wolke über unserem Dorf.

Auch der Malang hatte unter den neuen Regeln sehr zu leiden. Es war verboten, zu ihm zu gehen, denn Hexenzauber und Aberglaube wurde von den Taliban nicht geduldet. Ali hatte gedroht, ihn sofort hinrichten zu lassen, wenn er dabei erwischt würde, wie er den Dorfbewohnern irgendwelche Zaubermittel verkaufte. Und das galt auch für die, die ihn trotz allem noch besuchten.

■ ■ ■

Leyla hatte sich inzwischen wieder zu den anderen Frauen gesetzt. Sie streckte ihren linken Arm aus und zeigte auf ein winziges Tattoo auf seiner Innenseite. Es war die Hand der Fatima. »Meine Mutter hat es mir und meinen Schwestern stechen lassen, nachdem die Taliban meinen Vater ermordet haben. Es sollte uns beschützen.«

»Hast du wieder Fußball gespielt, nachdem die Taliban weg waren?«, wollte Amin wissen.

»Sie ist eine berühmte Fußballspielerin geworden!«, rief Nasrin, eine andere der Frauen. »Sie hat sogar in unserer Frauennationalmannschaft gespielt.«

»Ich habe sie im Fernsehen gesehen«, erzählte Malalai. »Frauen können nicht nur Fußball spielen, hat sie gesagt, sie können und müssen auch für ihre Rechte kämpfen.«

Leyla lachte. »Aber nicht alle waren darüber erfreut. Frauen, die Sport machen, werden doch heute noch als Prostituierte beschimpft! Wir wurden während eines Spiels oft von Männern beleidigt und mit Müll und Steinen beworfen. Und danach bekamen wir sogar Morddrohungen. Ich habe aufgehört zu spielen. Es war zu gefährlich für mich und meine Familie.«

»Warum bist du hier?«, fragte Amin.

»Ich weiß es nicht. Ich habe für eine Organisation gearbeitet, die Frauen hilft, wenn sie sich ganz offiziell von ihrem Mann trennen wollen. Vielleicht habe ich etwas gesagt oder getan, das irgendwem, der Macht und Einfluss hat, nicht gefallen hat. Ich weiß nicht, wie lange ich hier eingesperrt bleibe. Bis jetzt gibt es ja nicht einmal eine Anklage. Jetzt müssen andere Frauen meine Arbeit weitermachen ... Was ist mit dir, Amina. Machst du Sport?«

Amin nickte. »Taekwondo im Sportzentrum im Frauenpark. Aber ich weiß nicht, ob ich wieder hingehen soll.«

»Du musst weitermachen! Wir brauchen Mädchen wie dich, Mädchen, die kämpfen können.«

Aber ich bin ein Junge!, dachte Amin und erzählte hastig weiter.

FÜNF

Dann kam das Nowruzfest, drei Jahre nach Onkel Alis Ankunft. Wir hatten irgendwie gelernt, mit seinen Regeln zu leben, auch wenn es nicht einfach war. Zum Glück war Onkel Ali mit seinen Leuten nur im Winter in unserem Dorf. Sobald der Frühling kam, Ende März, unmittelbar nach dem Nowruzfest, zog er mit seinen Männern weiter, um pünktlich mit dem ersten Schnee wieder zurückzukehren. Unser Dorf war sein Winterquartier.

Wohin er zog, wussten wir nicht. Aber immer wenn Baba vom Markt in Kabul zurückkam, brachte er neben den eingekauften Waren auch neue Nachrichten mit. Die Taliban waren weiter auf dem Vormarsch. Ihr Ziel war unsere Hauptstadt Kabul. Im Süden hatten sie schon fast alle Städte erobert. Und in den Städten, die ihnen noch nicht gehörten, verbreiteten sie Angst und Schrecken durch ihre Anschläge an Orten, wo viele Menschen waren und niemand mit ihnen rechnete. Und irgendwo dort war auch Onkel Ali.

Die Truppen unserer Regierung und die Soldaten der anderen Länder hatten keine Chance. Als Baba eines Tages berichtete, dass die fremden Truppen das Land verlassen würden, weil die anderen Regierungen meinten, unsere Soldaten könnten das jetzt alleine schaffen, waren die meisten Erwachsenen im Dorf entsetzt. Vor allem die älteren, die die Jahre der Talibanherrschaft noch mitbekommen hatten. Das, was wir im Dorf erlebten, war schon schlimm genug, aber wenn sie das ganze Land beherrschten, würde es noch schlimmer werden, was ich mir gar nicht vorstellen mochte.

Onkel Ali hatte angekündigt, dass er uns Jungen im nächsten Winter im Schießen ausbilden wollte. Ich betete jeden Tag zu Allah, dass er nie zurückkommen solle, dass ihn irgendwo eine Kugel treffen solle, damit er endlich aus unserem Leben verschwinden würde. Aber leider kam er immer wieder.

Wenn Onkel Ali unterwegs war, sollten Baba und Onkel Achmed ihn im Dorf vertreten. Sie konnten die Regeln nicht außer Kraft setzen, aber während der Sommermonate musste zumindest niemand im Dorf befürchten, dass er wegen eines Regelverstoßes verprügelt oder gesteinigt wurde.

In diesen Monaten konnten wir den Malang ohne Angst vor Strafe mit Essen versorgen, was meine Familie zwar auch im Winter tat, aber das war nicht ungefährlich. Die Frauen fürchteten, dass man sie beschuldigen könnte, sich beim Malang Amulette und andere Zaubermittel zu besorgen. Daher brachte ich ihm das, was sie gekocht hatten, und er spielte wieder für mich auf seiner Nayflöte. Ihr Klang schwebte ungehindert durch das Dorf und selbst Baba, Onkel Achmed und der Mullah schwiegen dazu.

Zweimal hatte mein Vater den Geldboten von Khan Najibullah unbemerkt im Nachbardorf abfangen können, der immer eine Woche vor Neujahr kam. Aber in diesem Jahr hatte er ihn verfehlt. Baba hatte ihm nicht erzählt, dass sich in unserem Dorf Taliban aufhielten, weil er befürchtete, dass Khan Najibullah dann seine Enkelin nach Kabul holen würde. Das wäre das Ende der Geldgeschenke gewesen.

Als der Bote an unserem Tor klopfte, öffnete ihm einer von Onkel Alis Männern. Weder Baba noch Onkel Achmed waren zu Hause und meine Cousins und ich arbeiteten auf unseren Feldern vor dem Dorf.

Als wir abends zurückkamen, war das Unglück schon passiert. Der Geldbote hatte nach meinem Vater gefragt und sich geweigert, Onkel Ali zu verraten, was er hier im Dorf wollte. Onkel Ali ließ den Mann daraufhin durchsuchen und fand natürlich das Geld. Als er wissen wollte, was es damit auf sich hatte, schwieg der Mann und versuchte stattdessen zu flüchten. Da wurde er erschossen.

Baba hatte Mühe, Onkel Ali zu beruhigen. Er erzählte ihm, das Geld komme von einem Freund, dem er im Krieg das Leben gerettet hatte, und erfand irgendeinen Namen. Dass Nila die Enkelin eines hohen Regierungsbeamten war, verschwieg er. Diese Verbindung kannte außerhalb der Familie niemand im Dorf. Onkel Ali sollte sie auf keinen Fall erfahren. Wer weiß, was er sonst mit Nila gemacht hätte.

Das Geld von Khan Najibullah fehlte uns in den nächsten Monaten. Onkel Ali verlangte von Baba als wichtigstem Mann im Dorf, dass er die Verpflegung für seine Leute im Winter übernahm. Auch die anderen Dorfbewohner mussten Getreide, Gemüse und andere Nahrungsmittel abgeben, aber für den größten Teil war unsere Familie verantwortlich.

Als dann auch noch der Regen ausfiel und die Ernte durch eine große Dürre fast komplett vertrocknete, hungerten viele im Dorf. Unsere Nachbarn packten ihre Sachen und zogen nach Kabul. Aber sie kamen kurze Zeit später wieder zurück, weil die Stadt überfüllt war von Flüchtlingen und man weder eine Wohnung noch Arbeit finden konnte. Hier im Dorf hatten sie zumindest ein Dach über dem Kopf und Nachbarn, die das wenige, was sie hatten, mit ihnen teilten.

Im folgenden Winter hatte auch unsere Familie kaum mehr das Nötigste. Und so sagte Onkel Ali eines Abends zu Baba: »Du hast vier Töchter, verheirate die älteste.« Er hatte auch schon einen Bewerber für Nila, seinen Freund Yousuf, der eine Tagesreise von uns entfernt in einem anderen von den Taliban besetzten Dorf lebte.

Diese Nachricht war schlimmer als alles andere für uns. Dabei hatte Baba meiner Mutter eigentlich versprochen, dass meine Schwestern nicht verheiratet werden würden, bevor sie sechzehn Jahre alt waren und die Schule beendet hatten. Das war etwas Besonderes, auch in unserer Familie. Mein Onkel Achmed sagt immer, dass Frauen nur einen einzigen Zweck haben: Sie müssen ihrem Mann so viele Söhne wie möglich schenken. Deshalb gehen meine Cousinen auch nicht zur Schule. »Warum sollen sie lesen und schreiben lernen?«, sagt Onkel Abdul. »Das brauchen sie in ihrem ganzen Leben nicht. Was sie wissen müssen, kann ihre Mutter ihnen zu Hause beibringen.« Und damit meint er nicht die Buchstaben, denn die kennt meine Tante Filiz auch nicht. Dass meine Cousinen lesen und schreiben bei Tante Zohra lernten, wusste Onkel Achmed nicht.

Nila war erst dreizehn, und Baba hatte auch Khan Najibullah sein Ehrenwort gegeben, dass er sie nicht vor ihrem sechzehnten Lebensjahr verheiraten würde.

Mutter und meine Schwestern waren entsetzt und ich war wütend auf meinen Vater. Hatte sein Ehrenwort nur so lange gegolten, wie der Geldbote gekommen war?

Nila hörte gar nicht mehr auf zu weinen. Dabei hätte es vielleicht eine andere Möglichkeit gegeben: Nila trug eine wertvolle Silberkette um den Hals. Die Hand der Fatima, ein Amulett, das sie vor dem Bösen beschützen und ihr Glück bringen sollte. Das Amulett hatte einst ihre Mutter getragen, ihr hatte es aber kein Glück gebracht. Nach Shaimas Tod hatte mein Vater die Kette für Nila aufbewahrt. Sie trug sie seit ihrem sechsten Geburtstag und nahm sie niemals ab.

Wir wussten damals nicht, dass sich das Amulett öffnen ließ und dass sich ein winzig klein gefalteter Zettel mit der Adresse von Nilas Großvater darin befand. Für Notfälle. Und das hier wäre ein solcher Notfall gewesen. Khan Najibullah hätte uns sicher geholfen. Aber wir wussten ja nichts von dem Zettel, und nicht einmal Baba kannte seine Adresse.

»Er ist ein berühmter Mann. Du könntest versuchen, seine Adresse herauszufinden, wenn du das nächste Mal in Kabul bist«, meinte Mutter.

Aber dazu kam es dann gar nicht mehr.

Onkel Ali hatte sich in die Idee verliebt, seine Nichte mit einem seiner Freunde zu verheiraten, der einige Stufen höher in der Hierarchie der Taliban stand. Auf diese Weise konnte er auch seine eigene Karriere beschleunigen.

Nicht einmal Baba traute sich, ihm zu widersprechen. Er wusste inzwischen genau wie alle anderen, dass niemand Onkel Ali aufhalten konnte, wenn es darum ging, seine Pläne durchzusetzen.

Auf der Hochzeit meiner Schwester Nila haben wir alle geweint.

»Eine Hochzeit heißt immer ein wenig sterben«, hat Tante Zohra gesagt. »Aber wir Frauen sind stark. Wir haben es alle überlebt.«

Doch das hat niemanden getröstet, denn wir wussten von Mutter, dass viele Frauen, wenn sie so jung wie Nila verheiratet wurden, die Geburt ihres ersten Kindes nicht überlebten, auch wenn niemand offen darüber sprach. Nilas Mutter war es ja genauso ergangen. Nicht umsonst hatte ihr Großvater Baba das Versprechen abgenommen, sie nicht so jung zu verheiraten.

Normalerweise traute sich keine meiner Schwestern, unserem Vater zu widersprechen. Aber diesmal war es wohl die Verzweiflung, die sie so mutig machte. Meine Schwester Najiba schimpfte wütend, Baba habe Nila wohl an den Mann verkauft, der am meisten geboten habe. Und Nila weigerte sich, Yousuf zu heiraten.

Da ist Baba sehr wütend geworden und hat meine Schwestern zum ersten Mal geschlagen. Aber selbst wenn er seine Meinung noch geändert hätte, wäre es zu spät gewesen. Schließlich hatte der Mann schon den Brautpreis für Nila bezahlt.

Es ging nicht mehr um meine Schwester, es ging um die Ehre der ganzen Familie, einschließlich der von Onkel Ali. Nie werde ich das Bild vergessen, wie Nila unter ihrem braunen Schleier vor dem Mullah stand, neben ihr der Mann, mit dem sie weggehen sollte. Er hatte einen langen grauen Bart und sein Gesicht war voller Falten. Er war viele Jahre älter als meine Schwester und hatte schon eine Frau und drei Kinder.

Ich konnte Nilas Gesicht nicht sehen, nur das Zittern, das ihren ganzen Körper überzog, und ich hörte ihr Schluchzen. Ich wusste, dass jede Braut schluchzen muss, damit alle merken, dass sie traurig ist, weil sie ihre Familie verlassen muss. Aber ich wusste auch, dass es bei ihr mehr war. Sie fürchtete sich vor dem, was kommen würde. Sie hatte Angst, wie ihre Mutter zu sterben.

Der Mullah fragte sie, ob sie mit der Heirat einverstanden sei. Das musste er fragen, weil es so vorgeschrieben war. Als er keine Antwort von ihr bekam, auch nicht als er ein zweites Mal fragte und dann ein drittes Mal, stieß Mutter Nila an und flüsterte ihr etwas ins Ohr.

Daraufhin sagte Nila leise, sodass man es kaum verstehen konnte: »Ja, ich will!«

Jeder hat gesehen, dass meine Schwester die Heirat nicht wollte, und doch würde jeder nun bestätigen, dass Nila damit einverstanden war und dass es sich keinesfalls um eine Zwangsheirat handelte, die nach dem Gesetz verboten war.

Nach ihrer Hochzeit haben wir Nila zwei Jahre lang nicht gesehen und auch nichts von ihr gehört. Dabei hat sie im Nachbardorf gewohnt. Sie durfte uns nicht besuchen, denn Frauen dürfen nicht allein auf die Straße gehen, nur in Begleitung von anderen und auch dann nur, wenn der Ehemann es erlaubt.

Für einen Jungen gelten solche Regeln nicht. Ich darf allein aus dem Haus, und wenn ich dabei bin, dürfen auch meine Mutter und meine Schwester mitkommen.

Einmal, als Baba zum Vogelmarkt gefahren war und auch Onkel Ali nicht im Dorf war, bin ich zusammen mit Najiba auf einem unserer Esel dorthin geritten, wo Nila nun wohnte. Doch um das Haus herum war eine hohe Mauer gezogen, hinter der die große Familie ihres Mannes lebte. Wir haben angeklopft, aber man ließ uns nicht herein.

Auch Mutter machte sich Sorgen. Sie hat meinen Vater gebeten, dass er einmal hingeht. Ihn würden sie sicher hineinlassen. Aber Vater hat erwidert: »Nila ist kein Mitglied unserer Familie mehr, sie haben den Preis bezahlt und jetzt gehört sie ihnen.«

Da hat auch Mutter nichts mehr gesagt. Als Frau musst du schweigen und tun, was der Mann will.

■ ■ ■

Amins Erzählung wurde unterbrochen, als die Frauen aufsprangen und aufgeregt durcheinanderliefen. Soeben war einer der Wärter hereingekommen und hatte verkündet, dass am nächsten Tag eine Delegation von einer internationalen Hilfsorganisation kommen würde, um Geschenke zu bringen. Alle sollten sich dann an einer Wand auf den Boden setzen und kein Wort sagen. Auch nicht, wenn sie gefragt wurden. Wer redete, bekam nichts.

Der Wärter warf Amin einen tschaderi zu.

»Zieh ihn über, bevor die Fremden kommen. Sonst gibt es Ärger.«

»Was für Geschenke bringen sie?«, wollte Amin von den Frauen wissen.

»Seife, Windeln, Zahnbürsten.«

»Manchmal auch Schuhe oder Schals.«

»Manchmal Spielzeug für die Kinder.«

»Müsst ihr euch selber versorgen?« Amin kam sich dumm vor, dass er so etwas fragte, aber er kannte niemanden, der schon einmal im Gefängnis gewesen war.

»Brot und Wasser bekommen wir von den Wärtern. Im Männergefängnis versorgen die Verwandten die Gefangenen. Aber wir sind von unseren Familien verstoßen worden. Darum bekommen wir auch nichts. Und wenn wir entlassen werden, können wir nicht zu unseren Familien zurück.«

»Und wo geht ihr dann hin? Ins Frauenhaus?«, fragte Amin.

»Keine Ahnung«, antwortete Malalai. »Ich werde wohl noch jahrelang hierbleiben müssen, wie die meisten von uns.«

Durch die Tür konnte Amin in den kleinen Innenhof sehen, wo zwei Frauen ihre Wäsche wuschen und einige Kinder fröhlich spielten. Es machte ihn traurig, wenn er sich vorstellte, dass auch sie vielleicht noch viele Jahre hier eingesperrt leben mussten.

»Wohin wirst du gehen, wenn du aus dem Gefängnis rauskommst? Zurück in dein Dorf?« wollte Malalai wissen.

Amin schüttelte den Kopf. »Ins Dorf kann ich niemals zurück. Dort würde man mich töten.«

SECHS

Nachdem Onkel Alis Leute den Geldboten getötet hatten, kam kein anderer Bote mehr. Baba machte sich große Sorgen, dass Khan Najibullah Nachforschungen anstellen würde, wo der Mann geblieben war. Noch mehr fürchtete er aber, dass der Khan persönlich vorbeikommen könnte, wie schon einmal. Das war zwar schon elf Jahre her, aber ausgeschlossen war es nicht.

Mein Vater hatte Angst, dass sein Betrug auffallen und Nilas Großvater sich an ihm rächen würde, weil er sein Ehrenwort gebrochen hatte. Darum hatte er mit Mutter abgesprochen, dass meine Schwester Najiba sich unter ihrem Schleier für Nila ausgeben sollte, falls der Khan tatsächlich kam.

Babas finanzielle Probleme wurden schon bald auf andere Weise gelöst. Um Geld für seinen Kampf gegen die Regierung zu bekommen, verbot Onkel Ali allen Bauern in unserem Dorf, weiter Getreide anzubauen. Es wurde überall nur noch Schlafmohn angepflanzt, aus dem Opium hergestellt werden sollte.

Bei der Ernte mussten wir alle helfen. Jeder bekam ein Messer, eine Feile oder ein anderes Werkzeug, mit dem man die Mohnköpfe, in denen die Samen lagen, abschneiden konnte.

Wir füllten die Köpfe in große Säcke, die dann auf Lastwagen abtransportiert wurden.

Wohin sie fuhren, wussten wir nicht, und niemand fragte danach. Alle waren zufrieden, weil sie nun viel mehr verdienten als mit Aprikosen und Pistazien. Auch meine Familie vermisste das Geld von Nilas Großvater nicht, denn obwohl Onkel Ali das meiste einkassierte, blieb für uns noch genügend übrig.

Aber dann passierte etwas, was unser bisheriges Leben zerstörte. Es war an einem Freitag. Ich hatte mich verspätet, die anderen waren längst auf dem Weg ins Gebetshaus. Als ich das Tor öffnete, stand eine Frau in einem blauen tschaderi vor mir, einen kleinen Jungen auf dem Arm. Ich wusste nicht, wer sie war, und erst als sie leise: »Ich bin es, Amin. Lass mich rein! Schnell!«, sagte, erkannte ich ihre Stimme.

Es war Nila mit ihrem Sohn.

Sie hatte in der Hütte beim Malang gewartet, bis sie sicher war, dass alle Männer beim Freitagsgebet waren. Und das war gut so. Denn was passiert wäre, wenn Onkel Ali sie entdeckt hätte, das konnten wir uns denken.

Nila war ihrem Mann weggelaufen, was er sicher als Ehebruch auslegen würde, und dafür gab es die Höchststrafe – Steinigung. Außerdem hatte sie auch noch ihren Sohn entführt. Und kein Gesetz der Welt, kein Frauenrecht in unserer Verfassung würde meine Schwester in unserem Dorf retten, denn hier galten nur die Gesetze der Taliban.

Aber zum Glück war Onkel Ali eine Woche zuvor mit dem größten Teil seiner Truppe losgezogen, um sich mit anderen Taliban zu treffen. Ich hatte gehört, wie er mit Onkel Achmed darüber geredet hatte. Was sie vorhatten und wann er wieder zurückkommen würde, hatte er nicht erwähnt. Aber zumindest an diesem Tag war Nila vor ihm sicher.

Ich zog sie durch das Tor, überzeugte mich, dass niemand sie gesehen hatte, und schloss es.

Mutter kam herbeigelaufen, nahm Nila wortlos in den Arm und drückte sie fest an sich. Aber in ihren Augen konnte ich lesen, wie entsetzt sie war.

Auch Tante Zohra war herbeigeeilt, nahm Nilas Arm und zog sie in ihre Wohnung, noch bevor sie ihren tschaderi ausziehen konnte. Die kleinen Kinder, die im Hof spielten, sollten Nila nicht sehen. Sie würden sich mit Sicherheit verplappern.

Nila musste nicht erklären, warum sie weggelaufen war. Es reichte ein Blick in ihr Gesicht. Es war grauenvoll. Das linke Auge war zugeschwollen und blau angelaufen, tiefe blutige Kratzer zogen sich quer über die Wangen. Ein Ohr war halb abgerissen worden. Und auch ihr Rücken war voll mit roten Striemen.

Mutter brachte Nila eine Tasse Tee und etwas zu essen. Tante Zohra schmierte ihre selbst gemachte Kräutercreme auf Nilas Wunden. Najiba saß in einer Ecke und weinte. Auf ihrem Schoß lag Nilas kleiner Sohn und schlief.

»Hier kannst du nicht bleiben«, sagte Tante Zohra. »Dein Mann wird dich suchen. Und ich weiß nicht, wie dein Vater reagieren wird. Es geht um die Ehre der Familie.«

»Aber wenn Baba sieht, dass er Nila verprügelt hat, dann ...« Ich konnte mir nicht vorstellen, dass mein Vater Nila zurück zu ihrem Mann schicken würde, wenn er sah, was er mit ihr gemacht hatte.

»Dein Baba wird genau das tun, was alle von ihm erwarten«, unterbrach mich Tante Zohra. »Er wird sie zu Yousuf zurückbringen oder so lange hier festhalten, bis er sie abholen kommt.«

Nila schrie so heftig auf, dass Tante Zohra ihr die Hand auf den Mund legte.

»Psst, sei ruhig! Sonst hören sie dich draußen. Niemand wird dir etwas tun. Wir werden dich in Sicherheit bringen.«

Ich konnte es nicht glauben, dass Baba die Ehre der Familie wichtiger sein sollte als seine Tochter, die halb totgeprügelt worden war.

Tante Zohra lachte, aber es war ein bitteres Lachen.

»Wach endlich auf, Amina!«, rief sie zornig. »Du hast ja keine Ahnung, was Männer alles tun für ihre Ehre oder die Ehre ihrer Familie. Nilas Mann hat den Brautpreis bezahlt. Da kann Baba sie nicht einfach hierbehalten, nur weil ihr Mann sie geschlagen hat. Er hat für sie bezahlt. Niemand kann ihm verbieten, seine Frau zu schlagen.«

»Wie kannst du so etwas sagen, Tante Zohra? Es ist es den Männern verboten worden, ihre Frauen zu verprügeln. Es gibt doch ein Gesetz!«

Nila lächelte mich an. Das war immer ihr Spruch gewesen. Und Babas Antwort war jedes Mal, dass das einzige Gesetz, das zählte, das Gesetz der Familie war. Und damit hatte er leider recht. Es gab so viele Gesetze, aber die, die Frauen schützten, waren einfach nur nutzlos.

»Hör auf zu reden, Amina!«, sagte Tante Zohra. »Wir haben andere Sorgen als irgendwelche Gesetze, die nur auf dem Papier stehen. Nila muss so schnell wie möglich von hier weg.«

Mutter und Tante Zohra überlegten hektisch, wo Nila bleiben könnte. Am Ende beschlossen sie, dass ich Nila und ihren Sohn in die Hütte des Malang bringen sollte. Da alle Männer des Dorfes immer noch im Gebetshaus waren, wo auch ich jetzt eigentlich sein sollte, war die Chance groß, unbemerkt zum Malang zu gelangen. Zumal es einen Weg gab, der über die Felder um das Dorf herum führte.

Wir hatten tatsächlich Glück. Der Malang hatte uns schon erwartet und versprach, auf Nila achtzugeben, bis Mutter und Tante Zohra entschieden hatten, wie es weitergehen sollte.

Unbemerkt lief ich zu unserem Haus zurück und legte mich ins Bett. Als Baba kam und fragte, warum ich nicht im

Gebetshaus gewesen sei, erklärte ihm Tante Filiz, dass ich starke Magenschmerzen hätte.

In der Nacht weckte mich Tante Filiz. Ich schlich mich aus ihrer Wohnung zu Tante Zohra, die inzwischen mit meiner Mutter einen Plan ausgeheckt hatte. Sie wollten, dass ich Nila und ihren Sohn nach Kabul bringe, wo eine Cousine von Tante Zohra lebte. Tante Zohra hatte sie seit vielen Jahren nicht gesehen, aber sie war sicher, dass sie uns weiterhelfen würde.

Wir nahmen einen unserer Esel mit, auf dem Nila und ich abwechselnd mit ihrem Sohn saßen. Trotzdem brauchten wir drei Tage, bis wir Kabul erreichten.

Die Cousine war entsetzt, als sie Nilas Gesicht sah, und versprach, uns zu helfen. Auch ihr Mann hatte Mitleid mit meiner Schwester, aber er wollte keinen Ärger mit Baba und vor allem nicht mit den Taliban. Er fürchtete, dass sie sein Haus in die Luft sprengen und seine Familie töten würden. Man sah ihm an, dass er uns am liebsten sofort wieder weggeschickt hätte. Aber schließlich war er damit einverstanden, dass wir zumindest eine Nacht blieben.

Kaum war er am nächsten Morgen aus dem Haus, da saßen wir schon im Auto der Cousine. Sie befürchtete, dass ihr Mann Baba oder Onkel Ali benachrichtigen würde, und fuhr uns zu einer Freundin, die in einem anderen Stadtviertel lebte. Auch dort blieben wir nur so lange, bis die Cousine ihr Nilas Situation erklärt hatte. Dann ging es sofort weiter zu einem Frauenhaus, wo Nila und ihr Sohn aufgenommen wurden.

Für den Rückweg brauchte ich zwei Tage. Es war Nacht, als ich wieder in unserem Dorf ankam. Ich war fünf Tage weggewesen und beschloss, zuerst zum Malang zu gehen. Ich musste wissen, ob Onkel Ali zurück war und wie er reagiert hatte, denn sein Freund Yousuf hatte ihn mit Sicherheit längst darüber informiert, dass Nila verschwunden war.

Ich lief den Feldweg entlang, vorbei an der Stelle, wo mein bester Freund erschossen worden war. Auf einmal bekam ich Angst – Angst um meine Mutter, Tante Zohra, Najiba und Tante Filiz. Sie alle hatten mitgeholfen, Nila vor ihrem Mann zu verstecken. Wer weiß, was Onkel Ali mit ihnen gemacht hatte.

Der Malang freute sich, mich zu sehen. Er erzählte mir, wie wütend Onkel Ali geworden war, als sein Freund auf der Suche nach seiner Frau Nila im Dorf ankam. Onkel Ali schwor, Nila steinigen zu lassen, sobald er sie fand. Es ging um die Ehre seiner Familie, wie stand er denn jetzt vor seinem Freund da?

»Dein Vater hatte Sorge, dass dein Onkel sich auch am Rest der Familie rächen würde«, erzählte der Malang. »Darum ist er mit ihnen nach Kabul geflohen. Er hat gehofft, dass du zuerst zu mir kommst. Du sollst am Vogelmarkt auf ihn warten. Bei einem gewissen Sahib Basir. Dort werdet ihr euch irgendwann treffen.«

Baba hatte dem Malang etwas Geld für mich dagelassen, und der heilige Mann gab es mir, zusammen mit einem Kanister Wasser und mehreren naan.

»Und was ist mit Tante Zohra? Und Tante Filiz?«, fragte ich ihn. »Wie geht es ihnen? Sind sie mit nach Kabul geflohen?«

Der Malang schaute mich schweigend an, und ich ahnte, dass etwas Fürchterliches passiert sein musste. Dann erzählte er, dass Onkel Ali zusammen mit Yousuf alle Häuser im Dorf durchsuchen ließ, auch die von Baba, Onkel Achmed und Tante Zohra. Er vermutete schon, dass irgendjemand aus der Familie Nila geholfen hatte.

»Als Yousuf in dem Zimmer, in dem deine Mutter bei deiner Tante Zohra wohnt, eine Babydecke entdeckte, die Nilas Sohn gehört, hat er sofort deine Mutter verdächtigt. Onkel Ali wollte sie schon abführen lassen, doch deine Tante hat alle Schuld auf sich genommen.«

»Wo ist Tante Zohra jetzt?« Ich ahnte, was passiert war, noch bevor er es ausgesprochen hatte.

»Es tut mir so leid, Amin. Sie lebt nicht mehr. Dein Onkel Ali hat sie auf dem Marktplatz …«

»… steinigen lassen?«

Er nickte. »Sie war so mutig. Eine Heldin.«

Noch in derselben Nacht machte ich mich auf den Rückweg nach Kabul. Ich war so müde, aber größer als meine Müdigkeit war die Angst, dass Onkel Ali mich erwischen könnte. Die Worte des Malang begleiteten mich die ganze Nacht. Sie war sehr mutig gewesen, meine Tante Zohra. Mutig wie Malalai. Aber auch sie hatte ihr Mut das Leben gekostet. Vielleicht können nur Frauen überleben, die nicht mutig sind, die nicht ihre Meinung sagen, die nur Ja zu allem sagen, was man über sie entscheidet.

■ ■ ■

»Wie kannst du so etwas sagen?«

»Ohne deine mutige Tante wären jetzt auch deine Schwester und deine Mutter tot. Sie hat durch ihren Mut zwei Leben gerettet.«

Die Frauen, die die ganze Zeit schweigend zugehört hatten, einige mit Tränen in den Augen, redeten empört auf Amin ein, als er aufhörte zu erzählen.

»Ein Leben für zwei Leben. Und die, die schuld daran sind, leben weiter, als ob nichts passiert wäre«, sagte er.

»Es wird sich nur etwas ändern, wenn wir Mütter unsere Söhne anders erziehen. Wenn sie von uns lernen, den Frauen respektvoll zu begegnen.«

Während die Frauen weiter diskutierten, schlief Amin erschöpft ein. Im Traum sah er Tante Zohra, wie sie auf dem Markplatz kniete und die Steine der Männer auf sie fielen, bis sie schließlich blutend zusammenbrach. Er hörte ihre Schreie. Und die Abschiedsworte des Malang: »Erinnerst du dich, Amin?

Und wenn ich dann wieder werd' als Mensch gestorben sein,
wird ein Engelsfittich mir erworben sein.
Und als Engel muss ich sein geopfert auch,
werden, was ich nicht begreif': ein Gotteshauch!«

Am nächsten Tag baten die Frauen ihn weiterzuerzählen. Die Geschichten der anderen Frauen im Gefängnis kannten sie. Schließlich lebten viele von ihnen schon seit Jahren hier zusammen. Eine neue Gefangene bedeutete auch immer eine neue Geschichte.

SIEBEN

Als ich wieder in Kabul ankam und zum Vogelmarkt lief, war alles anders als an den Tagen, an denen ich mit meinem Vater hier entlanggegangen war. Es waren dieselben engen, staubigen Straßen mit den Abflussrinnen und ihrem schlammigen dreckigen Wasser zu beiden Seiten, die ich damals gar nicht bemerkt hatte. Aber diesmal war ich ganz allein. Ich wusste nicht, wo ich am Abend schlafen würde, wusste nicht, ob ich Baba finden und meine Familie jemals wiedersehen würde.

Auf dem Vogelmarkt war es wie immer. Ich ging durch die schmalen Gänge an den Käfigen vorbei und von allen Seiten zwitscherte, gurrte und krähte es. Für einen Moment konnte ich vergessen, dass mein ganzes Leben durcheinandergeraten war.

»Salem aleikum, Amin. Wie geht es deinem Vater?«

»Aleikum salem, Sahib. Es geht ihm gut.«

Viele der Händler kannten mich und grüßten mich freundlich. Ich fühlte mich schlecht, weil ich sie belügen musste.

Dort, wo wir immer das Futter für Babas Kampfwachteln gekauft hatten, kam Sahib Basir winkend auf mich zu.

»Salem aleikum, Amin. Endlich bist du da. Dein Vater hat sich schon große Sorgen gemacht.«

Baba kam fast jeden Tag hierher, ganz früh am Morgen. Auch heute war er gekommen, ich hatte ihn verpasst. »Vielleicht hast du morgen ja Glück. Aber komm nicht so spät wie heute.«

Mein Vater hatte ihm offenbar nicht erzählt, warum ich nicht bei der Familie war. Und vielleicht hatte Sahib Basir nicht einmal nachgefragt. Geheimnisse müssen in der Familie bleiben, sagte Baba immer. Nur da sind sie sicher.

Von dem Geld, das ich von meinem Vater hatte, kaufte ich mir Wasser und ein naan. Geschlafen habe ich auf einer Bank im Park.

Am nächsten Morgen stand ich früh auf und ging zum Vogelmarkt zurück, wo Baba mir schon entgegenkam. Ich hatte zum ersten Mal Angst vor ihm, aber er nahm mich in den Arm, fragte nicht nach Nila und tat so, als hätte es die letzten Tage gar nicht gegeben.

»Mutter wartet schon«, sagte er nur.

Wir gingen durch die Straßen, immer weiter von der Altstadt entfernt, über Märkte und durch schöne Parkanlagen. Vieles war schon wieder renoviert worden und überall wurde gebaut. »Wir bauen Afghanistan auf, schöner als jemals!«, stand auf einem Plakat, das an der Mauer eines großen Hauses angebracht war. Bauarbeiter waren gerade dabei, das völlig zerstörte zweite Geschoss Stein für Stein neu hochzuziehen.

»Zum Aufbauen braucht man Frieden, und den hat es seit vierzig Jahren hier nicht mehr gegeben«, sagte mein Vater und zeigte auf ein ausgebranntes Auto. Es stand vor einem Haus, an dem die Spuren einer Brandbombe deutlich zu sehen waren. »Dort hat sich ein Talib in die Luft gesprengt. Er hat über zwanzig Menschen mit in den Tod gerissen.«

Wir gingen schweigend nebeneinander her. Großmutter, Onkel Achmed und Baba haben oft vom Frieden gesprochen, und sie wussten, wovon sie sprachen, denn sie haben ihn für einige Jahre lang erlebt. Keiner von meinen Freunden, auch nicht der Lehrer an unserer Dorfschule wusste, was Frieden heißt. Wir lernten das Wort und seine Bedeutung wie eine fremde Vokabel. Frieden hieß, keine Soldaten, keine Blitze am Himmel, die Feuer spuckten, mit einem Knall am Boden explodierten und alles zerstörten, was ihnen im Weg war – Häuser, Bäume und Menschen. Frieden hieß, keine Angst mehr zu haben, für einen kleinen Fehler erschossen zu werden.

Frieden, das war etwas, was mit unserer Welt so wenig zu tun hatte wie der Mond und die Sterne am Himmel. Dort oben bei den Sternen war es friedlich, aber sie waren so weit entfernt und würden nie näher kommen, genauso wenig wie der Frieden. Frieden, das war ein wunderschönes Märchen, das die Erwachsenen erfunden hatten. Aber so, wie ich schon lange nicht mehr an Prinzessinnen glaubte, die von schönen Prinzen gerettet wurden, glaubte ich auch nicht mehr an den Frieden, von dem die Alten sprachen, als gäbe es ihn wirklich.

Und dann standen wir plötzlich vor einer riesigen Ruine, die auf einem Hügel wenige Kilometer vom Zentrum der Stadt entfernt emporragte. Ihre Wände waren gespickt mit Einschusslöchern, die zahllosen Fenster waren nur noch schwarze Löcher. Es war sicher einmal ein schönes Gebäude gewesen, man konnte noch die Reste von Ornamenten und kleinen Säulen erkennen. Doch jetzt war auch das Dach zerfallen, zerbrochene schwarze Holzstäbe ragten in den Himmel, umkreist von Fledermäusen.

»Was ist das, Baba?«, fragte ich meinen Vater.

»Das war einmal der Königspalast Darul-Aman.«

Ich konnte es nicht glauben, dass diese Ruine, die wie das Schloss eines bösen Dschinns aussah, der Palast von König Amanullah sein sollte, von dem meine Großmutter immer erzählt hatte. Ein Märchenschloss aus einer Zeit, als angeblich Frieden bei uns im Land herrschte. Nun war es eine Ruine und würde immer weiter zusammenbrechen, bis nur noch die Erinnerung daran übrig blieb. Das war genau wie mit dem Frieden, der nur noch in schönen Bildern in der Erinnerung einiger Menschen lebte.

Aber es kam noch schlimmer. Wir gingen über einen großen Platz, auf dem Jugendliche Fußball spielten und Fahrrad fuhren, und dann durch einen zerfallenen Garten, den letzten Rest der wunderschönen Parkanlagen des Palastes. Hinter der Schlossmauer, die halb eingestürzt war, erstreckte sich ein riesiges Lager, gebaut aus Zeltplanen und Lehmhütten.

Es hatte geregnet und so wateten wir durch rotbraunen Schlamm, in dem ich bis zu den Knöcheln versank. Müll schwamm in dem schmutzigen Wasser, das in kleinen Bächen durch das Lager floss. Kleine Kinder ließen Holzstückchen um die Wette schwimmen. Sie winkten uns fröhlich zu. Überall flatterte an Leinen Wäsche, die durch das Waschen nicht besonders sauber geworden war. Vor einigen Hütten hing blutiges Fleisch, auf dem jede Menge Fliegen saßen, an einer Leine zum Trocknen.

»Ein Metzger aus der Nachbarschaft verschenkt seine Fleischabfälle an die Menschen hier im Lager. Wenn man Glück hat, bekommt man welche ab«, erklärte mein Vater.

»Aber was machen wir hier, Baba?«, fragte ich ihn.

»Wir wohnen in diesem Lager, mein Sohn. Ich habe nichts anderes gefunden. Es gibt keine Arbeit und keine freien Wohnungen. Kabul ist voller Flüchtlinge, die aus allen Teilen des Landes hierherkommen.«

»Aber wieso?«

»Die Taliban sind im Vormarsch. Sie haben schon mehr als die Hälfte des Landes zurückerobert. Überall wird gekämpft. Und manche Menschen fliehen, weil der Regen seit zwei Jahren ausgeblieben ist. Die Ernte war sehr schlecht und in vielen Dörfern hungert man. Die Menschen hoffen, dass es ihnen in der Hauptstadt besser geht. Hier im Lager sind wir zumindest alle sicher. Hier wird nicht gekämpft«, sagte Baba, »und hier wird uns auch niemand finden.«

Der leise Zorn in seiner Stimme warnte mich, nicht weiterzufragen. Ohne dass er es aussprach, wusste ich, dass er nicht nur wütend auf mich war, sondern vor allem, dass ich ihn sehr enttäuscht hatte. Als sein Sohn hätte ich die Ehre der Familie verteidigen müssen. Ich war der einzige Mann im Haus, als Nila in unser Dorf zurückkam. Aber ich hatte wie eine Frau gehandelt, die mit einer anderen Mitleid empfindet. Als echter Mann hätte ich nicht zulassen dürfen, dass die Frauen meine Schwester verstecken, und ich hätte sie erst recht nicht mit ihrem Kind nach Kabul bringen dürfen.

Das alles konnte ich aus seiner Stimme herauslesen, und noch etwas wurde mir schlagartig klar: Baba durfte niemals erfahren, wo sich Nila aufhielt. Das Leben hier im Lager, wo er ein Niemand war, wo er nicht für seine Familie sorgen konnte, sondern auf Almosen angewiesen war, musste schlimmer für ihn sein als ein Leben mit Onkel Ali und seinen Taliban. Ich war sicher, dass er alles dafür tun würde, um möglichst rasch in unser Dorf zurückkehren zu können. Das war aber nur möglich, wenn er Nila und ihren Sohn zu Yousuf zurückbrachte.

Immerhin hatten wir im Lager ein Lehmhaus, auch wenn es nur aus zwei kleinen Räumen bestand. Die Vorbesitzer waren von einem Tag auf den anderen verschwunden, wahrscheinlich nach Pakistan oder in den Iran geflüchtet. Es verschwanden jeden Tag Menschen, darum interessierte es niemanden mehr.

Meine Mutter und meine Schwestern freuten sich, als sie mich sahen. In Mutters Augen konnte ich die Frage lesen, die Baba nicht gestellt hatte: Ist Nila in Sicherheit?

Ich nickte und sah, wie sie erleichtert aufatmete. Nila war zwar nicht ihre eigene Tochter, aber sie hatte da nie einen Unterschied gemacht.

Am nächsten Tag stellte Baba mich seinem neuen Freund vor, der so etwas wie der Aufseher in dem Lager war. Sahib Davut nannte sich Camp Leader. Er war etwa so alt wie Baba und hatte einen dichten weißen Vollbart wie er. Auch seine Lebensgeschichte glich der meines Vaters. Sahib Davut war mit seinen Eltern nach dem Einmarsch der Russen nach Pakistan geflüchtet. Dort wohnten sie zehn Jahre lang im selben Lager, ohne sich jemals zu begegnen. Denn das Lager war so groß wie eine Stadt, in der nur Flüchtlinge aus Afghanistan lebten. Nachdem die Taliban vertrieben worden waren, löste die pakistanische Regierung das Lager auf, alle Afghanen mussten das Lager verlassen und zurück in ihre Heimat gehen, weil keine Gefahr mehr für ihr Leben bestand. Und so kehrte auch Sahib Davut nach Kabul zurück.

Es war gut, dass Baba hier einen Freund gefunden hatte, mit dem er über die alten Zeiten reden konnte.

Sahib Davut hatte sein Büro in einem gelben Container. Man musste die Schuhe ausziehen, damit der rote Teppich darin nicht beschmutzt wurde. Wir saßen auf dem Teppich am Boden und tranken grünen Tee mit Kardamom.

Baba und Sahib Davut unterhielten sich meistens über die Probleme im Lager. Das Hauptproblem war, dass die Flüchtlinge keine Arbeit fanden. Über die Welthungerhilfe und andere Hilfsorganisationen bekam Sahib Davut Nahrungsmittel und Medikamente, die er im Lager verteilen ließ. Da Baba ihm dabei half, bekamen wir unsere Ration immer zuerst.

Nie hätte ich gedacht, dass ich eines Tages in der Nähe dieses Palastes leben würde. Jeden Morgen beim Aufstehen sah ich die mächtigen Mauern, die zahllosen Fenster und

Türme. In meinen Ohren hatte ich noch Großmutters Worte, mit denen sie das Leben im Palast in bunten Farben schilderte.

Jedes Mal wenn ich in den folgenden Monaten mit den anderen Jungen in den Palast hineinkletterte, erwartete ich, dass der König gleich um die Ecke kommen würde. Ich schaute auf die abgebrochene Terrasse und sah förmlich vor mir, wie seine Frau, Königin Soraya, ihren Schleier feierlich abnahm. Die Menschen unten auf dem Vorplatz jubelten und der König ließ verkünden, dass Frauen keinen Schleier mehr tragen sollten. Seine Reformen gingen vielen Muslimen zu weit und sie protestierten und verjagten ihn.

Für die anderen Jungen im Camp waren die leeren Prachtsäle, die Treppen, die ins Nirgendwo führten, und die Tausende Zimmer einfach nur ein großer Spielplatz. Die kleinen Jungen jagten sich gegenseitig durch die Gänge und abends ließen wir hoch oben auf den Terrassen unsere Drachen steigen. Niemand störte uns. Es war unser Palast, wir waren die Könige.

An den Wänden gab es neben Kugeleinschlägen auch Inschriften, die irgendjemand irgendwann einmal dort hingeschrieben hatte: Aufrufe zum Frieden, Herzen, aber auch viele Bilder vom Krieg.

Einer der Jungen arbeitete auf einer Baustelle in der Stadt und brachte abends Töpfe mit Resten von Farbe mit. Wir teilten die Säle im Palast untereinander auf und fingen an, ihre Wände zu bemalen: Flugzeuge, aus denen brennende Kugeln herausfielen, Panzer mit Soldaten – Bilder aus unserem Leben.

Ashmad malte meistens böse Dschinn mit riesigen Händen. Er hatte sich einen eigenen Saal dafür ausgesucht, den Monstersaal, wie wir ihn nannten. Wenn wir vor seinen Bildern standen, schienen uns die riesigen schwarzen Augen der Dschinn zu durchbohren. Und ihre Hände konnten jeden Moment aus der Wand heraus nach unseren Hälsen greifen. Es war unheimlich.

Während Ashmad malte, durfte man ihn nicht stören, sonst wurde er wütend, schrie und schrie und konnte gar nicht mehr aufhören. Er hatte dann weißen Schaum vor dem Mund. Sein Bruder meinte, es sind die Dämonen, die in seinem Kopf und seinem Herzen und im ganzen Körper wohnten, seit er dabei zusehen musste, wie sein kleiner Bruder von einer Sprengmine, die in einem Papierkorb lag, zerrissen wurde.

Anfangs schaute ich den anderen beim Malen nur zu. Panzer und explodierende Bomben waren nicht mein Ding. Dann fing ich an, Verse von Rumi, an die ich mich erinnerte, auf eine der Wände in meinem Saal zu schreiben:

»Verzaubere jeden deiner Gedanken
in einen Vogel, und lass ihn
in die andere Welt fliegen.«

Über den Vers malte ich bunte Vögel, die am Himmel umherschwirrten, auf der Suche nach dieser anderen Welt, von der ich keine Vorstellung hatte, wie sie aussehen konnte.

Oft saß ich einfach nur auf einer halb abgebrochenen Fensterbank und schaute nach draußen auf die staubige Straße und auf das Camp, das von Tag zu Tag zu wachsen schien, weil immer mehr Flüchtlinge ankamen. 28 000 Menschen waren es allein in Kabul, hatte Sahib Davut gesagt. Unser Lager war nicht das einzige in der Stadt, und es gab 1,5 Millionen Menschen, die in ganz Afghanistan unterwegs waren. Menschen, die vor dem Krieg und dem Terror im eigenen Land hin und her flohen oder in der Hauptstadt Schutz suchten.

Eines Abends saß ich wieder an meinem Fenster, als ich gegenüber auf einer grauen Wand eine Zeichnung in hellem Blau bemerkte, die gestern noch nicht da gewesen war.

Es war eine Frau in einem hellblauen tschaderi, so wie sie überall in Kabul zu sehen waren. Das Besondere war, dass der tschaderi durchsichtig war und dass man darunter das eng am Körper anliegende braune Kleid erkennen konnte. Man sah den Hals der Frau, ihre schwarzen Haare und ihr Gesicht, das keinen Mund hatte. Durch einen Schlitz konnte man ihre geschlossenen Augen mit den überlangen Wimpern erkennen. In der Hand hielt sie eine Gitarre.

Im Hintergrund schwebten andere Frauen in hellblauen durchsichtigen tschaderis, die ihre schmalen Taillen betonten und nicht wie ein Sack an ihrem Körper hingen wie normale tschaderis, weil ja niemand den Körper einer Frau sehen sollte. Ich weiß nicht, wie lange ich dort gesessen und das Graffiti angestarrt habe. Die Frau hatte keinen Mund und doch konnte man ihre Botschaft verstehen: Seht her, wir haben einen Körper und ein Gesicht. Und wenn ihr uns den Mund verbietet, dann sagen wir es auf andere Weise.

Es war ein mutiges Bild. Wer auch immer es gemalt hatte, sollte sich besser nicht erwischen lassen. Dieses Bild gefiel mir so gut, dass ich es unbedingt auf eine Wand im Palast malen wollte.

Dann fand ich ein weiteres Graffiti auf einer Wand auf dem Weg zum Markt. Es war dieselbe Frau, hinter ihr die Ruinen einer Stadt. Die Frau trug ein hellblaues Kleid mit weiten bestickten Ärmeln, auf dem Kopf nur die Andeutung eines weißes Tuches, das ganz locker um sie herumwehte, die Augen mit den langen Wimpern geschlossen. Vor ihren nicht vorhandenen Mund hielt sie ein Gitter, als wäre sie im Gefängnis. Auch diese Frau brauchte keinen Mund, um ihre Botschaft zu verkünden.

Ich hatte inzwischen einen großen Topf blauer Farbe von einer Baustelle mitgenommen, was einer der Bauarbeiter bemerkt hatte, der mich daraufhin laut schimpfend verfolgte. Aber ich kann sehr schnell laufen und irgendwann gab er auf.

Zum Malen suchte ich mir einen neuen Saal, denn ich konnte mir die Kommentare meiner Freunde gut vorstellen. Ich weiß nicht, ob sie ahnten, dass ich anders war als sie, aber sie akzeptierten mich, weil ich genauso schnell rennen konnte wie sie, ich kletterte wie sie, ich schimpfte wie sie, und wenn es sein musste, prügelte ich mich auch wie sie. Und doch wollte ich kein Risiko eingehen. Sie akzeptierten mich, solange ich mich wie sie verhielt.

Aber keiner aus meiner Gruppe wäre jemals auf die Idee gekommen, eine Frau im durchsichtigen tschaderi zu malen. Das war kein Jungenthema. Frauen mussten einen tschaderi tragen, wenn ihre Männer das so wollten. Und sie mussten schweigen, wenn ihre Männer das wollten, und durften das Haus nicht verlassen. Das hatten meine Freunde so gelernt und so würden sie es später mit ihren Ehefrauen auch machen.

Dass es Frauenrechte in unserer Verfassung gab und eine Schulpflicht auch für Mädchen und dass Frauen schon vor vielen Jahren als Ärztinnen und Wissenschaftlerinnen gearbeitet hatten, interessierte sie nicht.

Mein neuer Saal lag im dritten Stock und man kam nur über eine Treppe dorthin, die halb eingestürzt war. Noch am selben Abend begann ich damit, die beiden Bilder auf die Wände zu kopieren, und auch jedes weitere Bild, das ich fand, kam in meine geheime Galerie. Sie schienen überall in der Stadt zu sein. Vielleicht waren sie schon immer dort gewesen, aber ich hatte sie nie bemerkt.

Und geheim sollte meine Galerie bleiben. Ich hatte kein Interesse daran, dass im Lager bekannt wurde, dass ich ein

Mädchen war. Dann hätte ich ab sofort bei meinen Schwestern in der engen Lehmhütte bleiben müssen und nie mehr abends im Schloss auf meiner Fensterbank sitzen können. Ich war inzwischen fünfzehn und die meisten bacha posh hatten in diesem Alter längst wieder Frauenkleider angezogen.

Das war auch Mutters große Sorge. Sie versuchte, immer wieder mit Baba zu sprechen. »Deine Tochter kann nicht länger mit Jungen spielen und herumtoben. Niemand wird sie heiraten.«

Heiraten aber war das Letzte, was ich wollte.

Niemals in meinem Leben!

Auch Baba schob meine Hochzeit vor sich her. Er brauchte mich, denn er hatte ja keinen Sohn, der ihm behilflich sein konnte. Ich versuchte, mich so nützlich wie möglich zu machen, und brachte am Abend oft mehr Geld als mein Vater nach Hause. Solange ich für das Überleben meiner Familie wichtig war, würde ich weiter ein Junge bleiben dürfen.

■ ■ ■

Malalai drückte Amin ein Blatt Papier in die Hand und einen schwarzen und einen blauen Buntstift.

»Ich möchte die Frau ohne Mund gerne sehen.«

»Woher hast du hier im Gefängnis Buntstifte?«, fragte Amin sie.

»Das haben die Kinder geschenkt bekommen. Aber mein Sohn malt nicht gern.«

Amin zeichnete, während ihm die Frauen dabei zusahen. Als Erstes zeichnete er das Bild mit der Frau und der Gitarre. Die anderen waren begeistert. Er musste alle Bilder malen, an die er sich erinnerte.

Dann fingen einige von ihnen an, selbst zu zeichnen. Papier und Buntstifte waren ausreichend vorhanden, weil die Kinder, die hier mit ihren Müttern lebten, noch zu klein waren, um sie zu verwenden.

Auf allen Bildern gab es eine Frau mit einem durchsichtigen tschaderi und ohne Mund, und doch erzählten sie alle ihre eigene, ganz persönliche Geschichte.

Und während sie malten, erzählte Amin weiter ...

ACHT

Jeden Morgen musste ich als Erstes mit Najiba und meinen beiden jüngeren Schwestern in Eimern Wasser holen. Auch bei uns im Dorf hatte es kein Wasser in den Häusern gegeben und wir mussten es aus dem Brunnen vor dem Gebetshaus holen. Aber hier im Camp gab es überhaupt keinen Brunnen. Vor dem Eingang standen Wasserwagen, und jede Familie bekam nur eine bestimmte Menge pro Tag, je nachdem wie groß sie war. Morgens stand immer eine endlos lange Schlange vor den Wagen. Das Wasser musste zum Waschen und Kochen, zum Geschirr- und zum Wäschewaschen reichen.

Danach ging ich Holz und Papier suchen, damit Mutter Feuer machen konnte. Auch das war nicht einfach, weil jede Familie ihre Kinder zum Holzsuchen losschickte.

An Schule war nicht zu denken. Von den Familien, die ich im Camp kennenlernte, ging kein einziges Kind zur Schule. Eigentlich hätte Najiba, die schon fünfzehn war, längst verheiratet werden müssen. Ich hörte, wie Baba mit Mutter darüber redete. Aber wer hatte hier im Lager schon das Geld für den Brautpreis? Außerdem war es offiziell verboten, ein Mädchen unter sechzehn Jahren zu verheiraten und für sie Geld zu nehmen. Und Baba hatte hier auch keine Kontakte, um eine solche Ehe zu arrangieren.

Najiba hätte eigentlich Sahib Rizah aus unserem Dorf heiraten sollen, aber dazu war es nicht mehr gekommen. Sie war sehr froh darüber, denn Sahib Rizah war zwanzig Jahre älter als sie und hatte schon zwei Frauen. Nachdem Najiba Nilas zerstörtes Gesicht gesehen hatte, wollte sie überhaupt nicht mehr heiraten.

Mutter meinte, dass nicht alle Männer so sind. Baba hatte sie noch nie geschlagen, selbst als er erfuhr, dass sie Nila zur Flucht verholfen hatte.

Aber das konnte man vor der Hochzeit ja nicht wissen. Und wenn eine Frau dann verprügelt wurde, gab es niemanden, der ihr half. Ging sie zur Polizei, machte man sich über sie lustig oder sperrte sie am Ende sogar ein, weil sie ihren Mann mit dieser Beschuldigung beleidigt hatte. Najiba wusste, dass sie eines Tages heiraten musste, hoffte aber, dass es bis dahin noch lange dauern würde.

Sie half Mutter im Haus und machte das, was Tante Zohra mit uns gemacht hatte: Sie unterrichtete nicht nur meine Schwestern, sondern auch die Nachbarskinder. Manche Mädchen aus dem Camp zogen genau wie die Jungen los, um zu betteln oder auf irgendeine Weise Geld zu verdienen, aber viele Eltern wollten das nicht, weil es für Mädchen noch gefährlicher war. Sie waren nicht vorbereitet auf ein Leben außerhalb der Familie.

Wenn das Wetter gut war, saßen die Kinder auf dem Rasen vor der großen Mauer und hörten zu, was Najiba ihnen erzählte. Babas Freund, der Campleiter, war begeistert und erlaubte ihr, bei Regen ihren Unterricht in seinem gelben Container zu geben. Er besorgte ihr über eine Hilfsorganisation der UNESCO sogar eine Tafel, Hefte und Stifte.

Mein Vater arbeitete als Aushilfe in einer Autowerkstatt, aber für mich hatte der Besitzer keine Arbeit. So viel Geld brachte seine Werkstatt nicht, auch wenn sie an einer der großen Straßen lag, die ins Zentrum Kabuls führten.

Ich wollte Baba helfen, so viele Afghani wie möglich zu verdienen, aber das war nicht einfach. Im Camp gab es so gut wie keine Arbeit, also musste ich mir irgendwo außerhalb eine Beschäftigung suchen.

Den größten Gewinn schien die Truppe um Tariq zu machen und darum schloss ich mich ihnen an. Sie zogen durch die Straßen Kabuls und suchten überall nach Metallschrott. Den gab es vor allem, wenn irgendwo eine Bombe explodiert war oder wenn es Kämpfe gegeben hatte. Dann fanden wir abgesprengte Teile von Autos, Militärfahrzeugen oder Panzern. Auch in den ausgebrannten Wagen oder zerstörten Gebäuden fanden sich immer noch verwertbare Metallteile. Wir hatten Säcke dabei, die wir füllten und später beim Schrotthändler verkauften. Nach einem Bombenanschlag habe ich einmal fünfundzwanzig Kilo Schrott gesammelt und pro Kilo zwanzig Afghani bekommen. Das war mehr, als Baba an den meisten Tagen verdiente.

Natürlich war es gefährlich und das wussten wir auch. Nach einem Anschlag lagen immer viele Blindgänger auf der Straße und bei einer Detonation hätten wir uns schlimm verletzen können. Aber wir brauchten das Geld.

Unsere Eltern hatten keine Ahnung. Sie glaubten, wir würden auf dem Markt aushelfen. Und ich brachte abends auch immer Tomaten oder anderes Gemüse mit, als Geschenk des Gemüsehändlers, bei dem ich angeblich arbeitete.

Es ging alles gut, bis Tariq für einen Moment nicht aufpasste und auf einen Blindgänger trat, der sofort explodierte. Er überlebte, lag aber wochenlang im Krankenhaus. Danach kam er auf zwei Krücken ins Lager zurück. Jetzt konnte er überhaupt keine Afghani mehr verdienen und auch nicht mehr im Palast mit uns herumklettern. Nie wieder.

Wir hatten alle gewusst, dass es gefährlich war, aber es war etwas anderes, als es dann einen von uns tatsächlich erwischte. Ich übernahm nun als Ältester das Kommando und befahl den anderen Kindern, niemandem zu erzählen, dass wir am Unfallort gewesen waren. Es sei ein böser Zufall gewesen, dass wir ausgerechnet in dem Moment der Explosion vor Ort waren, erzählte ich Baba.

Aber jede Nacht träumte ich davon, hörte wieder den Knall und sah, als würde es gerade eben passieren, wie Tariq durch die Luft gewirbelt wurde, auf dem Boden aufschlug und regungslos liegen blieb. Schreiend und schweißgebadet wachte ich dann auf. Tariqs Vater erzählte Baba, wie es wirklich passiert war, und Baba verbot mir daraufhin, weiter nach Metallschrott zu suchen.

Zwei Tage lang versuchte ich, bei einem der Marktstände in der Nähe seiner Werkstatt Arbeit zu finden. Vergeblich, es gab zu viele Kinder wie mich, die Geld verdienen mussten, und die meisten Plätze waren schon vergeben. Die Händler, die mich dann doch noch einstellen wollten, zahlten zu wenig. Von dem, was ich dort verdient hätte, hätte ich abends gerade mal etwas Weizenmehl und Öl kaufen können. Auf den zahlreichen Baustellen in der Stadt sah es nicht besser aus. Es wurden Leute gesucht, aber sie nahmen zum Schrottwegräumen und Steineschleppen lieber kräftigere Männer als mich.

Also fing ich wieder an, Metallschrott zu sammeln, denn wir brauchten jeden Afghani. Zum Glück kam Baba nie auf die Idee, dass ich gegen seinen Befehl handeln könnte.

Dann kam der Herbst und mein Vater befahl mir, jeden Morgen zu Sahib Basir auf den Vogelmarkt zu gehen und den ganzen Tag bei ihm am Stand zu warten. Warum, sagte er mir nicht. Als ich protestierte, weil ich an diesen Tagen kein Geld verdienen konnte, zwinkerte er mir zu.

»Tu, was ich dir sage. Allah wird schon dafür sorgen, dass wir genügend Geld im Haus haben.«

Die erste Woche passierte gar nichts. Ich langweilte mich auf dem Markt und half Sahib Basir beim Verkaufen. Am liebsten wäre ich herumgelaufen, aber Baba hatte mir eingeschärft, den Vogelstand auf keinen Fall zu verlassen und bis Sonnenuntergang dort zu warten. Ich wusste noch nicht einmal, auf wen.

Dann, eines Abends in der zweiten Woche, stand plötzlich Onkel Achmed vor mir.

»Salem aleikum, Amin«, grüßte er mich.

»Aleikum salem, Onkel Achmed. Was machst du denn hier?«

»Wo ist dein Vater?«, fragte er.

»Der arbeitet. Er hat gesagt, ich soll hier warten.«

Onkel Achmed drückte mir ein Päckchen in die Hand, um das ein braunes Tuch gewickelt war.

Als ich ihn fragend ansah, schüttelte er den Kopf.

»Bring das deinem Vater. Er weiß schon Bescheid. Sag ihm, mehr gibt es nicht, die Ernte war nicht sehr gut. Es war zu trocken. Wir hatten keinen Regen.«

»Was ist das?«, wollte ich wissen.

Doch Onkel Achmed schüttelte nur wieder den Kopf.

»Sei vorsichtig und geh direkt nach Hause, hörst du? Sprich mit niemandem und leg das Bündel nirgendwo ab. Du hast schon genug Unheil angerichtet.«

Er grüßte Sahib Basir und ging schnell davon.

Ich machte mich auf den Rückweg und überlegte, was in dem Paket wohl sein könnte. Die Ernte war nicht sehr gut gewesen, hatte er gesagt. Ich wusste, dass in diesen Wochen auf den Feldern rund um unser Dorf der Mohn geerntet wurde. Onkel Achmed und meine Cousins hatten unsere Felder übernommen. Wahrscheinlich war in dem Paket Babas Anteil vom Verkauf.

Im Camp erwartete Baba mich schon ungeduldig wie jeden Abend. Als er das Paket sah, das ich mitgebracht hatte, freute er sich. Er riss es mir aus der Hand und öffnete es hastig. Enttäuscht starrte er auf die Geldscheine, die herausfielen.

»Ist das auch wirklich alles?«, fragte er mich.

Ich schaute ihn empört an. Glaubte er etwa, ich würde ihn bestehlen?

»Onkel Achmed hat gesagt, die Ernte war nicht so gut. Es gab zu wenig Regen.«

Baba schien auch zu glauben, dass Onkel Achmed ihn betrogen hatte. Das wiederum glaubte ich nicht. Onkel Achmed lebte ganz streng nach den Regeln des Koran. Er war genau wie Onkel Ali für eine ganze Weile in Pakistan in die Koranschule gegangen, war immer der Erste im Gebetshaus und zitierte bei jeder Gelegenheit aus dem Koran, wo geschrieben steht: »O ihr, die ihr glaubt, fürchtet Gott und seid mit den Wahrhaftigen (in Worten und in Taten).«

Baba war nicht sehr überzeugt, aber am Ende doch froh, dass er wenigstens einen Teil seines Anteils bekommen hatte. Er war immerhin noch größer als das, was wir hier in einem ganzen Jahr verdienen konnten.

Mit dem Geld von der Mohnernte kaufte Baba die Werkstatt, in der er die letzten Monate gearbeitet hatte. Der Besitzer wollte sie schon lange aufgeben und freute sich, jemanden gefunden zu haben, der sie übernahm.

Ich musste nun jeden Tag dort helfen, denn Baba konnte mit seinem steifen Arm nicht alle Arbeiten machen. Ich füllte Benzin in die Tanks und Luft in die Reifen, kontrollierte den Ölstand und wischte die staubigen Fensterscheiben der Autos. Frühmorgens und am späten Nachmittag war am meisten zu tun.

Wenn nichts los war, half ich auf dem benachbarten Basar einem Gemüsehändler, mit dem Baba sich angefreundet hatte. Ich bekam dafür kein Geld, aber er schenkte mir Gurken, Zwiebeln und Radieschen und manchmal eine Handvoll Aprikosen. Die Aprikosen nahm ich allerdings nicht mit nach Hause, sondern aß sie selbst. Ihr Duft machte uns alle traurig, weil er uns an die Obstbäume zu Hause erinnerte. Mutter freute sich am meisten, wenn ich ab und zu einen Hammelfuß mitbrachte, mit dem sie eine Suppe kochen konnte.

Die Arbeit auf dem Markt gefiel mir besser als die in der Werkstatt. Es roch dort nicht nach Diesel und Öl, sondern nach Safran, Knoblauch, Pfeffer und frisch geschnittenen pakora. Am liebsten hätte ich bei einem der Gewürzstände auf dem Markt gearbeitet. Ich mochte den Duft von Anis und Koriander, und mir gefielen die bunten Farben der Gewürze, die auf flachen Schalen wie große Kegel aufgehäuft waren. Hier konnte man auch medizinische Kräuter und Wurzeln kaufen. Neben Messern, Spaten und Stoffen in vielen Farben gab es sogar Nagellack. Seit Nila die roten Fingernägel ihrer Tanten im Fotoalbum ihrer Mutter gesehen hatte, träumte sie von rotem Nagellack. In unserem Dorf war er verboten, seit Onkel Ali dort lebte. Wer damit erwischt wurde, dem konnten die Fingernägel abgetrennt werden.

Hier in Kabul hätte sie ihn tragen können, aber er war viel zu teuer für uns.

In dieser Zeit fingen auch die Renovierungsarbeiten am Palast an. Zuerst stellten sie ein großes Gerüst aus hässlichen rostigen Metallstangen auf, an dem in riesigen Buchstaben stand: »Wir schaffen das!«

In dem gelben Metallcontainer beim Camp Leader Davut wurde unter den Männern viel diskutiert, warum der Palast renoviert wurde und vor allem woher das Geld für den Aufbau kam. Der Camp Leader hatte sich mit einem der jungen Ingenieure darüber unterhalten.

»Die Regierung hat 1 598 060 000 Afghani für diese Renovierung bereitgestellt«, hatte der Mann ihm erzählt.

Als Sahib Davut diese Zahl nannte, herrschte für einen Moment Schweigen im Container. Dann redeten alle gleichzeitig los. Sie waren sehr wütend. Für dieses Geld könnte man alle Flüchtlingscamps in Kabul auflösen und den Menschen neue Wohnungen bauen.

Abends, wenn alle Bauarbeiter gegangen waren, kletterten wir über die Absperrungen und nahmen unseren Palast wieder in Besitz. Er war riesig und es blieben noch genügend geheimnisvolle Keller und Säle, die nur uns gehörten.

Aber dann fingen einige aus unserer Gruppe an, die herumliegenden Metallstangen und anderes Gerät von der Baustelle zu klauen und zu verkaufen. Es war nicht so gefährlich wie der Metallschrott, den wir früher nach Explosionen eingesammelt hatten. Irgendwann fiel es auf und sie stellten einen Wärter ein, der abends und in der Nacht die Baustelle kontrollierte.

Im Palast waren jeden Tag viele Bauarbeiter damit beschäftigt, die herumliegenden Steine zu zerkleinern und dann nach draußen zu bringen. Ich fragte sie, ob ich ihnen helfen könnte, aber sie winkten nur ab. Es sei zu riskant, weil immer wieder Steine aus den halb zerfallenen Mauern herunterfielen und mich verletzen könnten. Nach dem, was ich in den letzten Monaten alles überstanden hatte, waren ein paar herunterfallende Steine nichts, wovor ich mich fürchtete. Aber das konnte ich ihnen ja nicht erzählen.

■ ■ ■

»Achtung, sie kommen gleich! Macht euch bereit!«, rief einer der Gefängniswärter, während er die Außentür zum Frauengefängnis aufschloss.

Sofort brach große Hektik unter den Frauen aus. Malalai sammelte hastig die Zeichnungen und Malstifte ein und versteckte sie unter ihrer Schlafmatte. Leyla fegte ein letztes Mal den Innenhof, andere Frauen zogen den Kindern saubere Kleidung an. Die Räume und die Gefängnisinsassen mussten einen guten Eindruck machen. Der Direktor befürchtete, dass sein Gefängnis sonst in der ausländischen Presse schlecht beurteilt werden würde, und dann würde es keine neuen Besuche und auch keine Geschenke mehr geben.

Unter viel Gelächter wurde Amin der tschaderi übergezogen. Vor allem das Gehen mit dem bodenlangen Kleid fiel ihm sehr schwer. Er stolperte mehrmals und war froh, als er sich an der Wand hinsetzen konnte. Es war heiß unter seinem tschaderi. Er spürte, wie ihm der Schweiß den Körper hinunterlief.

Er beobachtete die Frauen, die voller Vorfreude auf ihre Geschenke waren. Es waren alles kluge, mutige Frauen. Sie saßen hier im Gefängnis, weil sie etwas getan hatten, wofür kein Mann eingesperrt worden wäre. Die meisten von ihnen waren vor ihren gewalttätigen Männern davongelaufen. Das Gefängnis war ein Ort, an dem sie sicher waren vor ihrer Rache.

Auch wenn er immer noch nicht wusste, warum er hier war und was genau geschehen war, hatte er doch das Gefühl, dass er durch das Erzählen immer näher an den Moment herankam, als es passiert war.

Aber was auch immer das gewesen war – die Vorstellung, in diesem Gefängnis noch Jahre zu verbringen, war schrecklich.

Amin musste hier weg, irgendwie. Und er hatte auch schon eine Idee. Er nahm sich ein Stück Papier vom Zeichenblock, gerade so groß, dass eine Telefonnummer darauf passte und sein Name. Dann faltete er das Papier mehrmals und nahm es fest in die Hand.

Kurze Zeit später kam der Gefängnisdirektor herein, den Amin vorher noch nie gesehen hatte.

»Salem aleikum!«, grüßte er.

»Aleikum salem, Sahib«, antworteten die Frauen leise.

Hinter dem Direktor standen drei junge Männer, die ebenfalls freundlich grüßten. Einer von ihnen fragte auf Englisch, ob sie irgendetwas benötigten. Die Frauen schüttelten den Kopf.

Plastiktüten mit Geschenken wurden verteilt.

Als einer der drei Männer eine Tüte vor Amin stellte, nahm er rasch seine Hand, drückte seinen Zettel hinein und sagte: »Taschakor, Sahib.«

Zum Glück reagierte der junge Mann schnell und ließ den Zettel nicht fallen.

Aber natürlich war es ein unmögliches Verhalten für eine Frau, einem Fremden die Hand zu reichen.

Als die Delegation gegangen war, wurde Amin ins Büro des Direktors gebracht, der ziemlich wütend war. Auf seinen Wink hin schlug einer der Wärter Amin mit der Faust ins Gesicht.

Die Wunden, die noch nicht verheilt waren, platzten wieder auf. Amin biss die Zähne zusammen, es tat furchtbar weh.

»Habe ich euch nicht verboten, mit den Gästen zu sprechen?«, schrie der Direktor Amin an. »Und du gibst einem fremden Mann auch noch die Hand! Eine Frau macht so etwas nicht! Du bist eine Frau, auch wenn du wie ein Junge herumgelaufen bist! Und du hast dich wie eine zu benehmen! Lass dir von den anderen erklären, wie das geht!«

Ab jetzt würde er Amin in die Arrestzelle stecken, wenn wieder eine Delegation käme.

Die anderen Frauen schrien erschrocken auf, als sie Amins blutiges Gesicht sahen.

»Es hätte schlimmer kommen können«, sagte er.

»Aber warum hast du das gemacht? Was ist los mit dir? Du wusstest doch, dass das Ärger geben wird.«

»Ich habe gesehen, wie du dem jungen Mann eine Botschaft zugesteckt hast«, sagte Malalai, die neben ihm gesessen hatte.

Amin nickte. »Ja, die Telefonnummer meiner Tante. Sie sitzt im Parlament und kennt eine Anwältin. Vielleicht können sie uns helfen.«

Die Frauen schrieben ihm ihre Namen auf, auch wenn die meisten nicht daran glaubten, dass Amins Tante ihnen wirklich helfen könnte.

Für den Rest des Tages waren alle mit ihren Geschenken beschäftigt. Wäsche wurde mit frischer Seife gewaschen und mit der neuen Zahnpasta putzten sie sich und den Kindern die Zähne. In jeder Tüte war auch ein Paar Plastiksandalen, die unter großem Gekicher ausprobiert wurden. Für die Kinder gab es einen kleinen Ball, mit dem sie fröhlich im Innenhof spielten.

Am Abend drängten die Frauen Amin, weiterzuerzählen. Wer wusste schon, wie lange er noch hierbleiben würde.

NEUN

Nila hatte ich noch nicht wiedergesehen, seit ich in Kabul war, weil es keine Möglichkeit gab, heimlich zu ihr ins Frauenhaus zu gehen. Dann kam das Wochenende, auf das ich mich seit Langem gefreut hatte: Ich durfte mit Baba und einigen anderen Männern zum buzkashi in die Khair Khana Arena gehen. Baba meinte, ein Junge müsse unbedingt einmal diesen Reiterkampf miterleben, weil er unser Nationalsport ist.

Am Abend vorher zog mich Mutter beiseite. »Du solltest nicht mit Baba fahren, Amin. Geh deine Schwester besuchen. Ich mache mir Sorgen, wie es ihr geht.«

Ich starrte sie zuerst fassungslos an. Das konnte sie doch nicht von mir verlangen! Und wenn ich nicht selbst seit Wochen auf eine Gelegenheit gewartet hätte, Nila sehen zu können, hätte ich meiner Mutter diese Bitte wohl abgeschlagen.

So aber erzählte Mutter Baba, dass ich plötzlich hohes Fieber bekommen hätte und besser zu Hause bliebe. Baba schöpfte keinen Verdacht, weil er wusste, wie wichtig mir das buzkashi war.

Als ich beim Frauenhaus ankam, war Nila nicht da. Ich traf nur ihre Freundin Samira, die mit Nilas kleinem Sohn Tadi spielte. Er war inzwischen fast drei Jahre alt und freute sich, mich zu sehen.

Nila war zum Bagh-e Zanana, dem Kabuler Frauenpark, gegangen, wo sie einen Computerkurs besuchte und Taekwondo lernte, wie mir ihre Freundin erzählte. Ich hatte keine Ahnung, was ein Frauenpark war. Samira gab mir die

Adresse und sagte, dass es diese große Parkanlage mitten in Kabul schon vor dem Krieg gegeben habe. Hier konnten sich Frauen mit ihren Kindern geschützt vor den Blicken von fremden Männern treffen. Im Krieg war der Park zerstört worden, aber 2002 wurde er mithilfe von internationalen Organisationen wiederaufgebaut.

Der Eingang zum Park wird von zwei Polizistinnen bewacht. Die eine wollte mich nicht hineinlassen. Aber die andere sagte: »Lass sie, Jungen wie sie dürfen hier herein.«

Ich fand Nila im Computerraum, wo sie, mit Kopfhörern auf den Ohren, vor einem Bildschirm saß und lautlos Worte vor sich hin murmelte. Die Striemen in ihrem Gesicht waren verheilt und nur ganz wenige Narben waren zurückgeblieben.

Sie freute sich sehr, als sie mich sah.

»Was machst du hier?«, wollte ich wissen.

»Englischkurs. Online«, war die Antwort. »Ohne Englischkenntnisse kannst du die interessantesten Internetseiten nicht lesen.«

Nila führte mich über das Gelände. Der Computerraum lag in einem großen Gebäude mit vielen Zimmern, in dem Frauen lesen und schreiben lernen konnten oder auch Englisch. Es gab Gemeinschaftsräume und Ausstellungsräume für selbst gemalte Bilder und sogar einen Kindergarten. Man konnte hier auch verschiedene Berufe erlernen oder den Führerschein machen. Es gab ein Teehaus und ein paar kleine Läden, die von den Frauen selbst betrieben wurden, außerdem ein Sportzentrum.

Mich interessierte vor allem Nilas Taekwondokurs. Sie stellte mich der Leiterin Bibi Aisha vor, die kurze Haare hatte und eine Trainingshose trug. Sie grinste mich an.

»Jungen sind in meinem Kurs nicht erlaubt«, sagte sie. »Aber für dich mache ich eine Ausnahme.«

Ich bekam sofort eine kleine Probestunde und musste ihr hinterher versprechen, zur nächsten Trainingsstunde von Nilas Gruppe wiederzukommen. Sie meinte, ich hätte Talent.

Als ich meiner Mutter abends von dem Park erzählte, war sie sofort begeistert und fragte Baba, ob sie nicht am Wochenende mit mir und meinen anderen Geschwistern dorthin gehen könnte. Baba hatte nichts dagegen. Alle waren sehr aufgeregt, vor allem Mutter und Najiba, weil sie sich freuten, Nila wiederzusehen.

Als wir im Park angekommen waren, gab Mutter die Kleinen im Kindergarten ab. Sie selbst besuchte eine Probestunde in einem Kurs zum Lesenlernen, während Najiba, Nila und ich den Computerkurs wählten, wo ich zum ersten Mal im Internet surfte. Najiba war so fasziniert, dass sie dort blieb.

Nila und ich gingen inzwischen zum Sportzentrum, wo Nilas Taekwondokurs stattfand. Bibi Aisha freute sich, mich zu sehen. Ich lernte, mit den Fäusten in die Luft zu schlagen und mit den Füßen das Schlagkissen zu treffen, das Bibi Aisha mir entgegenstreckte. Sie war begeistert. Anders als bei den meisten Mädchen in ihrem Kurs waren meine Arme und Füße an schnelle sportliche Bewegungen gewöhnt.

»Wenn du regelmäßig trainierst, kannst du auch an Wettkämpfen teilnehmen«, sagte sie und ich versprach ihr wiederzukommen.

Da mein Vater nichts dagegen hatte, waren wir nun häufiger im Frauenpark. Baba freute sich, dass Mutter und meine Schwestern wenigstens an diesen Nachmittagen aus dem Lager herauskamen. Allerdings verschwiegen wir ihm, dass wir Nila und manchmal auch ihren Sohn im Park trafen.

Während der Woche, wenn ich Benzin in die Tanks der Autos füllte und staubige Fenster putzte, träumte ich von meinem Taekwondokurs und von einem Zeichenkurs, den ich unbedingt machen wollte. Es dauerte einige Wochen, bis endlich zwei Plätze für Nila und mich dort frei wurden. Als ich eines der Bilder aus meiner geheimen Galerie auf ein Blatt Papier malte, erkannte die Lehrerin sofort, woher das Motiv stammte.

»Die Künstlerin heißt Shamsia Hassani und ihre Graffiti sind inzwischen auf der ganzen Welt zu sehen«, erklärte sie mir.

Auch Nila war fasziniert und fing an, eigene Zeichnungen zu entwerfen. Sie hatte schon immer dagegen protestiert, dass Frauen keine eigene Meinung haben durften und nur schweigen sollten. Nun hatte sie eine Möglichkeit gefunden, ihren Gedanken über ihre Bilder eine Stimme zu geben. Ich hätte ihr gern meine geheime Galerie im Palast gezeigt, aber das war zu riskant. Ich hätte sie als Mädchen nicht an den Bauarbeitern dort vorbeischmuggeln können. Außerdem war der Weg zu meinem Saal nicht ungefährlich. Man musste klettern können, denn die Treppe war nur noch zur Hälfte vorhanden. Und klettern wie ein Junge, das hatte meine Schwester nicht gelernt.

Nila wollte unbedingt Mauern in der ganzen Stadt bemalen wie Shamsia. Sie hatte sich dafür einen blauen tschaderi von einer Frau im Frauenhaus ausgeliehen und war nicht davon abzubringen.

Allein konnte ich sie aber nicht gehen lassen, das war zu gefährlich. Also begleitete ich sie. Wir fingen an einer Mauer in der Nähe des Palastes an, wo eigentlich nur selten andere Menschen hinkamen. Einige Touristen filmten uns. Sie fragten, warum wir das machten, und Nila erklärte ihnen, dass wir darauf aufmerksam machen wollten, dass Frauen bei uns nicht die gleichen Rechte wie Männer haben, dass Frauen keine Stimme haben und deshalb nicht gehört werden. Sie sagte, dass jetzt die Zeit gekommen sei, etwas dagegen zu unternehmen.

Manchmal zeigte sie ihnen auch die Narben in ihrem Gesicht. Die Touristen waren erschrocken, einige schrien entsetzt auf. Sobald sie aber ihr Handy herausholten, um Nilas Gesicht zu fotografieren, ließ sie schnell wieder ihren Schleier über das Gesicht fallen. Es war zwar eher unwahrscheinlich, dass Nilas Mann nach so langer Zeit noch nach ihr suchte, aber wer konnte das schon mit Sicherheit sagen.

Es gab viele graue Mauern in Kabul. Sooft Nila ihren kleinen Sohn bei einer Freundin lassen konnte und ich Baba nicht helfen musste, trafen wir uns. Sobald jemand vorbeikam, versteckte Nila die Sprühflaschen, die wir in unserem Zeichenkurs bekommen hatten, unter ihrem tschaderi.

Einmal blieben zwei Männer neben uns stehen und betrachteten unsere Zeichnung.

»Was ist das für eine gottlose Schmiererei!«, schimpfte der eine. »Allah wird den Verantwortlichen dafür bestrafen.«

Sie musterten uns misstrauisch.

»Habt ihr gesehen, wer das gemacht hat?«, fragte einer der Männer.

»Nein!«, sagte ich und Nila schüttelte heftig ihren Kopf.

»Dann rate ich euch, solchen Schund nicht weiter anzusehen.« Er zeigte mit dem Finger auf die Figur an der Mauer mit dem durchsichtigen tschaderi. »Man sollte den Zeichner einsperren!«

Ich verbeugte mich. »Salem aleikum, Sahib. Meine Schwester und ich müssen weiter zum Markt. Unsere Mutter wartet dort auf uns.«

Als wir gingen, sahen wir noch, wie die beiden Männer versuchten, die Farbe mit ihren Ärmeln abzuputzen.

Nila kicherte. »Da können sie lange wischen. Das ist echte Farbe!«

»Wir sollten aufhören, Nila. Irgendwann werden wir auffliegen. Willst du eingesperrt werden? Denk an deinen Sohn!«

Aber Nila war nicht aufzuhalten. Durch das, was sie in den letzten Jahren erlebt hatte, war sie so voller Wut, dass sie manchmal glaubte, daran zu ersticken. Mithilfe ihrer Zeichnungen konnte sie die Wut herauslassen.

Ich musste ihr auf dem Basar Männerkleidung und eine Mütze besorgen. So würden wir weniger auffallen, meinte sie. Nila sah merkwürdig aus in ihrer neuen kurta und der tunban. Ich machte mir etwas Sorgen, ob sie sich wohl auch wie ein Junge verhalten konnte. Die Kleidung allein genügte nicht als Tarnung.

Es ging eine ganze Weile gut und wir hatten schon viele Mauern mit unseren Zeichnungen verziert. Aber dann erwischten sie uns doch. Wir waren fast fertig mit unserem Bild, als plötzlich eine Gruppe von älteren Männern hinter uns stand. Wir hatten sie nicht kommen sehen. Sie rissen uns die Sprühflaschen aus der Hand und fingen an, auf uns einzuprügeln. Dabei stürzte Nila zu Boden, die Mütze fiel ihr vom Kopf und ihre langen schwarzen Haare kamen darunter zum Vorschein.

Für einen Moment waren die Männer verblüfft. Dann wurden sie noch wütender und fingen an zu schreien: »Allah sagt …«

Ich weiß nicht, was passiert wäre, wenn in diesem Moment nicht ein Militärfahrzeug mit fremden jungen Soldaten vorbeigefahren wäre. Sie hielten, sprangen aus dem

Wagen und einer legte sein Gewehr an und drohte, jeden einzelnen der Männer zu erschießen, wenn sie nicht sofort verschwänden.

Ob er das tatsächlich gemacht hätte, weiß ich nicht, aber seine Worte wirkten auf jeden Fall. Die älteren Männer schimpften, drohten uns mit den Fäusten, gingen aber davon.

Die Soldaten halfen Nila aufzustehen. Sie hatte Schmerzen und so kamen wir nur langsam voran. Als ich mich einmal umdrehte, bemerkte ich, dass wir verfolgt wurden. Da der Mann hinter uns großen Abstand hielt, war ich mir nicht sicher, ob es einer der älteren Männer war, aber ich warnte Nila vorsichtshalber:

»Wir müssen mit diesen Graffiti aufhören. Nächstes Mal haben wir vielleicht nicht so viel Glück. Denk an Farkhunda! Und denk an deinen Sohn!«

Nila versprach es mir und verschwand wenig später im Frauenhaus.

Über Farkhunda hatten Nila und ich einen Artikel im Internet gelesen. Sie war siebenundzwanzig gewesen, eine Studentin der Islamwissenschaften, und wollte Lehrerin werden. Sie war oft zum Beten in der Moschee Shah Do Shamishira und hatte sich darüber geärgert, dass auf dem Platz vor der Moschee mit dem Einverständnis der Mullahs Amulette verkauft wurden. Vergeblich hatte sie darüber mit den Mullahs diskutiert, die am Verkauf der Amulette mitverdienten. Der Glaube an die Wirkung von Amuletten sei ein Aberglaube, hat sie ihnen vorgeworfen, er stünde im Gegensatz zu den Lehren des Islam.

Einer der Mullahs beschuldigte Farkhunda daraufhin mit lauter Stimme, sie habe einige Seiten aus dem Koran verbrannt. Das war Gotteslästerung und damit die schlimmste Beschuldigung, die er vorbringen konnte.

Diese falsche Behauptung reichte aus, dass Dutzende Männer über den Platz vor der Moschee rannten und mit Brettern und Eisenstangen auf Farkhunda einprügelten. Dann warfen sie mit Steinen nach ihr, zogen ihren leblosen Körper über die Straße und warfen ihn in das ausgetrocknete Bett des Kabulflusses.

Hunderte Menschen sahen dabei zu und einige filmten das Verbrechen mit ihren Handys. Am Ende zündeten sie Farkhundas Körper an und die Männer schrien: »Allah-u-akbar!« Es waren junge und alte Männer, in traditioneller, aber auch in moderner Kleidung.

Nila und ich weinten, als wir eines dieser schrecklichen Videos auf Youtube sahen. Die Bilder werden wohl für immer in meinem Kopf bleiben, zusammen mit den vielen anderen, die nachts in meinen Träumen lebendig werden.

Auch wenn in Kabul vieles anders war als in unserem Dorf, auch wenn man sich hier als Frau viel freier bewegen konnte, so reichte doch ein falsches Wort, eine falsche Bewegung aus, um von Fanatikern zu Tode geprügelt zu werden. Wie so oft war ich froh, dass ich nicht als Frau hier herumlaufen musste.

■ ■ ■

»Sie rufen ›Gott ist groß!‹ und töten dabei eine junge Frau, die mehr vom Islam verstand als sie alle zusammen!«, rief Leyla mit Tränen in den Augen.

»Und die keine einzige Seite aus dem Koran verbrannt hat! Das war eine Lüge der Mullahs!«, sagte Malalai. »Aber sie werden ihre gerechte Strafe bekommen. Im Koran steht geschrieben: ›Wer einen Gläubigen vorsätzlich tötet, dessen Lohn ist die Hölle. Und er muss ewig darin bleiben. Und Allah zürnt ihm und verflucht ihn und bereitet ihm gewaltige Strafe.‹«

»Einige der Männer, die sie gesteinigt haben, wurden ja sogar schon hier auf der Erde verurteilt«, ergänzte Nasrin. »Hunderte Frauen und auch viele Männer haben vor dem Gericht dafür demonstriert, als der Prozess stattfand. Ich war auch dabei.«

»Und ich habe bei der Beerdigung zusammen mit anderen Frauen ihren Sarg getragen«, sagte Leyla. »Tausende von Menschen, auch viele Männer, waren gekommen. Und wir haben gemeinsam gerufen: ›Wir wollen Gerechtigkeit für Farkhunda! Wir wollen Gerechtigkeit für die afghanischen Frauen!‹«

Es war still in dem Raum, in dem die Frauen zusammensaßen.

»Das war vor fünf Jahren«, sagte Malalai. »Wo bleibt diese Gerechtigkeit? Niemand hat mich gefragt, warum ich meinem Mann weggelaufen bin. Er hat mich geschlagen und mit Füßen getreten, sodass ich mein Kind verloren habe. Ich bin das Opfer, aber sie haben mich zur Verbrecherin gemacht, nur weil ich davongelaufen bin. Gerechtigkeit wird es für uns nie geben.«

Es war wieder still im Raum.

Es gab nichts mehr zu sagen.

Viele Minuten später, als die Stille unerträglich wurde, sagte Malalai leise: »Erzähl weiter, Amina!«

ZEHN

Mit der Zeit gewöhnten wir uns an das Leben im Camp. Wir lebten nun schon seit fast einem Jahr hier und waren inzwischen in eine größere Lehmhütte am Rand der Siedlung gezogen. Die Hütte lag auf einem Hügel, sodass das Wasser abfließen konnte und wir bei Regen nicht länger im Matsch versanken. Irgendwann würden wir mit Allahs Hilfe eine richtige Wohnung irgendwo in Kabul finden. Doch im Augenblick reichte das Geld, das Baba und ich nach Hause brachten, nur für das Nötigste. Zum Glück erhielten wir immer wieder zusätzliche Nahrungsrationen von der Welthungerhilfe. Und auch wenn jemand von uns krank wurde, bekamen wir Hilfe von Ärzten, die aus vielen verschiedenen Ländern zu uns gekommen waren. Meine beiden jüngsten Schwestern waren häufig krank, meistens hatten sie Durchfall.

Baba war nur noch selten in der Werkstatt. Wir gingen morgens zwar gemeinsam hin, aber dann verabschiedete er sich sofort und war den ganzen Tag verschwunden. Wenn er kurz vor Geschäftsschluss zurückkam, hatte er nicht etwa irgendwo anders Geld verdient, sondern holte sich die wenigen Afghani aus der Kasse, die ich eingenommen hatte, und steckte sie ein. Einen Teil davon brauchten wir für die Einkäufe auf dem Markt, der Rest blieb in Babas Hosentasche.

Wir brachten immer weniger Geld nach Hause, weil ich die Werkstatt nun nicht mehr verlassen konnte, um auf dem Markt etwas dazuzuverdienen.

Als die Zeit der Mohnernte kam, fragte ich meinen Vater, ob Onkel Achmed nicht wieder unseren Anteil der

Ernte bringen würde. Baba wurde sehr wütend. Er schrie mich an, das sei nicht meine Angelegenheit. Ich war sehr erschrocken, weil er noch nie so wütend auf mich gewesen war.

Am Tag darauf hielt ich es nicht mehr aus, schloss die Werkstatt ab und folgte Baba. Mein Vater ging auf direktem Weg zum Vogelmarkt, in den Hinterhof, wo freitags immer die Hahnenkämpfe stattfanden.

Baba hatte jahrelang Kampfhähne trainiert und hielt sich für einen Experten, der genau voraussagen konnte, welcher Hahn gewinnen würde. Ich beobachtete ihn an diesem Tag dabei, wie er manchmal gewann, dann seinen Einsatz erhöhte, verlor, immer hektischer wurde und am Ende alles verlor.

Ich war sehr wütend auf ihn, auch wenn ich ahnte, warum er immer wieder an diesen Wetten teilnahm. Er hoffte wohl auf den großen Gewinn, mit dem er uns ein besseres Leben außerhalb des Lagers ermöglichen konnte. Wie sich herausstellte, hatte er aber unsere gesamten Einkünfte und sogar das Geld aus der neuen Mohnernte verspielt.

Mutter erzählte ich nichts davon.

Der Winter im Camp war sehr hart, vor allem wenn es schneite. In unserem Dorf hatten wir größere Feuerstellen gehabt, einen Ofen und viel mehr Decken. Hier war es einfach nur kalt. Meine Mutter und meine beiden jüngsten Schwestern waren wie so viele im Camp während der Wintermonate besonders häufig krank.

Umso mehr freuten wir uns auf das Nowruzfest, mit dem die kalte Jahreszeit zu Ende ging. Zu Hause im Dorf hatten wir immer viele Gäste gehabt, Freunde und Verwandte, die das Neujahrsfest mit uns feierten. Schon Tage vorher bereiteten die Frauen die traditionellen Gerichte dafür vor.

Hier im Camp hatten wir keine Gäste. Baba und ich versuchten, Walnüsse, Pistazien und Trockenfrüchte zu bekommen, damit Mutter wenigstens einen kleinen Topf simenak und haft mewah für uns zubereiten konnte. An Nowruz gingen wir zur schönsten Moschee der Stadt, der Ziarat Sakhi mit ihren türkisfarbenen und gelben Mosaiken an den Wänden und den vielen kleinen und großen Türmen und Minaretten. Für mich war die Moschee ein Ort des Friedens, den jeder Muslim respektierte, ein Ort, wo man sicher war. Davon gab es nicht viele in Kabul.

Nowruz ist ein Fest für die ganze Familie und deshalb ist der Platz vor der Moschee an diesem Tag immer überfüllt. Familien mit Kindern treffen sich hier mit ihren Freunden und Verwandten. Neben der Moschee gibt es einen kleinen Kinderspielplatz und auf der Straße vor ihrem Eingang sind Verkaufsstände aufgebaut.

Baba hat mir immer gesagt, dass wir Plätze meiden sollten, wo sich viele Menschen aufhielten, denn die lockten Terroristen an, nicht nur die Taliban, sondern auch die anderer Terrororganisationen.

Aber eine Moschee sollte eigentlich allen Menschen heilig sein. Deshalb rechneten wir dort nicht mit einem Anschlag. Trotzdem knallte es plötzlich mehrmals hintereinander. Die Menschen auf dem Platz gerieten in Panik und rannten nach allen Seiten auseinander.

Baba und ich nahmen meine kleinen Schwestern auf den Arm und rannten auch davon. Mutter und Najiba folgten, so schnell sie konnten. Später erfuhren wir, dass sich ein Selbstmordattentäter in die Luft gesprengt hatte und einunddreißig Menschen getötet wurden.

Es hätte auch uns treffen können.

An diesem Abend sprach Baba zum ersten Mal davon, dass wir in unser Dorf zurückgehen sollten.

»In Kabul ist es gefährlicher als bei uns zu Hause«, sagte er. »Das Leben mit den Taliban ist weniger schlimm als dieser Terror hier. Immerhin greifen sie das Dorf nicht an, in dem sie selber leben.«

Ich war entsetzt, als er von einer Rückkehr sprach, denn ich fürchtete Onkel Ali mehr als jede Bombe.

»Hast du vergessen, was er mit Tante Zohra gemacht hat?«, fragte ich meinen Vater.

»Sie hat Nila zur Flucht verholfen. Das war ihre gerechte Strafe.«

»Und ich habe Nila ins Frauenhaus gebracht. Was wird er wohl mit mir machen?«

»Er ist damit einverstanden, dass wir zurückkommen«, sagte Baba. »Das zeigt doch, dass er dir verziehen hat.«

Da war ich mir nicht so sicher. Dass Onkel Ali sich rächen würde, kam mir wahrscheinlicher vor.

Am dritten Tag des Nowruzfestes besuchte ich Nila. Meine Mutter hatte mir die Reste vom simenak und vom haft mewah für sie und Tadi mitgegeben.

Aber Nila war nicht mehr im Frauenhaus. Ihre Freundin Samira gab mir Nilas Kette mit der Hand der Fatima, die Nila eigentlich immer um den Hals trug und in der sich der Zettel mit der Adresse ihres Großvaters befand – für den Notfall, der jetzt offenbar eingetreten war.

Was war passiert?

Samira erzählte, dass Nila glaubte, ihren Mann vor dem Frauenhaus gesehen zu haben. Er hatte sie wohl überall suchen lassen, und es war nicht schwer zu erraten, dass Nila nur in einem der Frauenhäuser Schutz erhalten haben konnte.

Aber ich hatte einen anderen schrecklichen Verdacht. Mein Vater wusste schon seit einigen Wochen, wo meine Schwester sich aufhielt. Er hatte uns einmal vom Frauenpark abgeholt und Nila dort gesehen. Er hatte sie freundlich begrüßt wie eine Fremde, und ich dachte, er würde nun wissen wollen, wo sie lebte, aber er fragte mich nicht. Darüber war ich froh, weil ich ihn nicht anlügen, ihm aber Nilas Adresse auf gar keinen Fall verraten wollte.

Doch dann hatte er Mutter und Najiba ausgefragt und gedroht, dass er Najiba verheiraten würde, wenn sie ihm nicht die Wahrheit sagten.

Baba hatte uns erzählt, dass Onkel Ali mit unserer Rückkehr einverstanden sei, sobald die Ehre der Familie wiederhergestellt sei. Und das bedeutete mit Sicherheit, dass mein Vater Onkel Ali verraten hatte, wo Nila gerade war, damit ihr Mann sie finden konnte. Der Preis für unsere Rückkehr war also der Verrat an Nila.

Bestimmt hätte Nilas Mann seine Leute so lange vor dem Frauenhaus warten lassen, bis sie das Gebäude verlassen hätte. Und was dann passiert wäre, konnte ich mir gut vorstellen. Denn er wollte sie ja nicht zurückhaben, sondern nur Rache dafür, dass sie ihm davongelaufen war. Seine Ehre war durch Nila beschmutzt worden und konnte nur durch ihr Blut wieder reingewaschen werden.

Aber zum Glück hatte die Heimleitung schnell reagiert und Nila und ihren Sohn zu ihrem Großvater gebracht. Dort hatte man sie freundlich aufgenommen, wie mir die Heimleiterin später erzählte.

»Mach dir keine Sorgen um sie. Sie ist in Sicherheit«, sagte sie.

Auch wenn ich traurig darüber war, dass ich meine Schwester nun vermutlich lange nicht mehr sehen würde, wusste ich, dass die Heimleitung das einzig Richtige getan hatte. Bei ihrem Großvater war Nila sicher, das hoffte ich jedenfalls. Aber was, wenn er auch fanatisch war und sie womöglich zu ihrem Mann zurückschickte?

Als ich wieder in die Werkstatt kam und Baba davon erzählte, wurde er kreidebleich. Seine Hände fingen an zu zittern. So hatte ich ihn noch nie gesehen.

»Sie ist bei ihrem Großvater?«, fragte er immer wieder ungläubig.

Ich nickte. »Ja, Baba. Jemand vom Frauenhaus hat sie dort hingebracht.«

Abends stritten sich Baba und meine Mutter. Das war noch nie passiert. Wenn mein Vater etwas beschlossen hatte, dann wurde das auch gemacht. Aber diesmal widersprach Mutter ihm heftig. Sie wollte auf gar keinen Fall ins Dorf zurück. Sie wusste, dass sich unser Leben wieder einmal komplett ändern würde, und zwar nicht zum Guten.

»Wir müssen zurück«, sagte Baba und es klang, als duldete er keinen Widerspruch mehr. »Nicht nur wegen der Terroranschläge hier. Nilas Großvater wird mich suchen und mich bestrafen, weil ich mein Versprechen nicht gehalten habe. Ich habe jahrelang sein Geld angenommen, obwohl Nila längst verheiratet war. Sie war erst dreizehn und hätte genau wie ihre Mutter bei ihrer Geburt sterben können. Und Yousuf hat sie verprügelt. Auch das wird er mir nicht verzeihen. Khan Najibullah hat Gewalt an Frauen immer abgelehnt. Was glaubst du, wird er mit mir machen, wenn er ihre Geschichte hört? Sie lebt doch nur, weil Tante Zohra sich für sie geopfert hat.«

»Und weil Amina sie ins Frauenhaus gebracht hat«, fügte meine Mutter hinzu. »Aber wir können Amina nicht wieder als Amin mit nach Hause nehmen. Wie lange soll das noch gehen?«

Doch mein Vater war anderer Meinung. »Wir haben keinen anderen Sohn! Wer soll mir auf dem Feld helfen? Amin ist kräftig. Er kennt sich aus mit dem Pflug. Und er kann nur als Junge auf den Mohnfeldern arbeiten.«

»Hast du vergessen, dass Ali schon vor zwei Jahren misstrauisch war? Sobald er einen Beweis hat, wird er Amina festnehmen, weil es gegen Allahs Gebot ist! Ich habe Angst!«, sagte Mutter.

Und dann hatte Baba die verrückte Idee, eine Braut für mich zu suchen. Ich war fast sechzehn, und in unserem Dorf gab es sogar einen fünfzehnjährigen Jungen, der schon verheiratet war.

»Wenn Amin als verheirateter Mann zurückkommt, kann er nichts mehr machen. Das verbietet ihm die Ehre der Familie.«

Ich wurde nicht gefragt, ob ich überhaupt heiraten wollte, und meine Mutter protestierte vergeblich. Wir befürchteten, dass, wenn unser Betrug aufflog, alles nur noch schlimmer werden würde. Aber mein Vater ließ nicht mit sich reden.

Im Camp vor dem Palast fand er eine Familie, die bereit war, ihre Tochter mit mir zu verheiraten. Allerdings wussten sie nicht, wer ich in Wirklichkeit war. Mithilfe des Camp Leaders fand Baba auch einen Mullah, der bereit war, uns ohne große Vorbereitung zu trauen.

Zwei Tage vor unserer Abreise sollte meine Hochzeit stattfinden, und je näher sie rückte, desto unruhiger wurde ich. In den Nächten lag ich schweißgebadet wach, vor meinen Augen lief wie ein Horrorfilm die Erinnerung an den Tag ab, als Nila in unser Dorf zurückgekommen war. Jedes Detail hatte sich in meinem Gehirn eingebrannt. Ich sah ihre verkrusteten Wunden, ihr halb abgerissenes Ohr, die Striemen auf ihrem Rücken. Ich träumte von Tante Zohra, die auf dem Marktplatz zu Tode gesteinigt wurde. Meist schlief ich erst gegen Morgen ein.

Am letzten Abend vor meiner Hochzeit saß ich in meiner geheimen Galerie, betrachtete ein letztes Mal meine Bilder und dachte darüber nach, wie gern ich Shamsia kennenlernen würde. Ich bewunderte den Mut, mit dem sie ihren eigenen Weg gegangen war, während ich mir meinen von Baba vorschreiben ließ. Einen Weg, den ich nicht wollte und der mit meinem Tod enden könnte.

Ich wollte auf gar keinen Fall in unser Dorf zurückkehren. Selbst wenn Onkel Ali die Geschichte von meiner Hochzeit glaubte und Baba zumindest nicht öffentlich bloßstellte, weil er sein Bruder war, hatte ich ja immer noch die Ehre unserer Familie beschmutzt. Schließlich hatte ich Nila zur Flucht verholfen und den Sohn seines Freundes nach Kabul entführt. Wie lange würde es dauern, bis er das alles herausfand?

Und plötzlich wusste ich genau, was ich tun musste …

Ich schlich mich ins Zimmer, in dem meine Mutter und meine Schwestern schliefen. Es fiel mir sehr schwer, sie ohne Abschied zu verlassen, aber ich wollte sie schützen. Nur wenn Mutter nichts von meinen Plänen wusste, war sie sicher vor den Schlägen meines Vaters, der jede Lüge sofort erkannt hätte. Ich nahm den Zettel mit der Adresse aus Nilas Medaillon und legte die Kette neben meine Mutter. Fatimas Hand sollte sie beschützen, bis wir uns irgendwann einmal wiedersehen würden.

Dann schlich ich leise aus unserer Hütte. Es war dunkel im Camp, nur der Mond schien auf die Zelte und Lehmhütten und warf Schatten, die mir unheimlich waren. Oben auf dem Hügel stand friedlich der Palast, immer noch eingehüllt in sein Kleid aus rostigem Stahl.

Plötzlich hörte ich Schritte hinter mir. Ich drehte mich erschrocken um, aber es war nur Najiba. Zuerst dachte ich, sie wollte zum Toilettenhaus, das sich am Ende des Weges befand, aber dann sah ich das Bündel in ihrer Hand.

»Was machst du hier?«

Sie zuckte mit den Schultern. »Ich komme mit dir!«

»Geh zurück, Mutter braucht dich!«

Damit ließ ich sie stehen und ging schnell weiter. Doch wenig später hörte ich wieder ihre leisen Schritte hinter mir. Da ich Angst hatte, dass uns jemand bemerken könnte, beachtete ich sie nicht weiter, bis wir hinter dem Palast die Straße nach Kabul erreicht hatten.

Dann drehte ich mich zu ihr um. Ich war ziemlich wütend.

»Du kannst nicht mitkommen«, zischte ich. »Mutter braucht deine Hilfe!«

»Und Baba braucht *dich*! Und trotzdem gehst du weg«, erwiderte sie leise.

»Ich kann nicht ins Dorf zurück. Onkel Ali wird mich umbringen, schon wegen Nila.«

»Und ich muss Onkel Alis Freund heiraten. Lieber sterbe ich.« Sie fing an zu weinen. »Was meinst du denn, warum wir zurückkommen dürfen? Onkel Alis Freund hat einen hohen Brautpreis für Nila bezahlt und sie ist ihm weggelaufen. Ihr Großvater wird sie sicherlich nicht ausliefern. Wie soll Baba den Brautpreis zurückzahlen? Das kann er nicht. Darum bekommt Onkel Alis Freund mich als Ersatz.«

Ich starrte sie an. »Das würde Baba niemals tun.«

»Ich habe gehört, wie er mit Mutter darüber geredet hat. Er hat ihr verboten, es uns zu erzählen. Bitte, nimm mich mit!«

Und so zogen wir zusammen los.

■ ■ ■

»Dein Vater muss wirklich verzweifelt gewesen sein«, sagte Leyla. »Wie hat er sich das denn vorgestellt, wenn du das Mädchen wirklich geheiratet hättest? Ihr hättet nie Kinder bekommen und alle im Dorf hätten sich darüber gewundert.«

Amin nickte. »Vor vielen Jahren gab es in meiner Familie schon einmal einen ähnlichen Fall. Meine Großmutter hat mir erzählt, dass ihre Tante tatsächlich als bacha posh heiraten musste. Man hat dann einen Neffen, den Sohn ihres Bruders, als ihren Sohn ausgegeben, und damit war das Problem aus der Welt. Vielleicht haben sich alle gewundert, dass sie keine weiteren Kinder bekam, aber es war ein Kind da und sogar ein Sohn.«

»Ich denke«, sagte Malalai, »du hast das einzig Richtige getan. Manchmal muss man einfach davonlaufen.«

Die anderen Frauen nickten.

ELF

Nilas Großvater lebte in Ahmad Shah Baba Mena, einem der neuen Stadtteile, die im Osten von Kabul entstanden sind. Niemand, den ich kannte, war schon einmal dort. Najiba und ich wanderten stundenlang durch die Straßen von Kabul und fragten viele Menschen nach dem Weg, bis wir schließlich am späten Nachmittag dort ankamen.

Dieses vornehme Stadtviertel kam uns vor wie eine komplett andere Welt. Neue Häuser, die bis in den Himmel wuchsen und nicht aus braunem Lehm, sondern aus bunten Steinen und schimmernden Glaswänden gebaut waren, in denen sich die Sonne spiegelte. Die Fenster waren sauber, keine Spur von dem rotbraunen Staub, der sich sonst auf alles legte. Auch die Luft war klar und der Himmel blau. Der Staub machte einen großen Bogen um diesen Stadtteil und die Straßen waren breit und asphaltiert.

»Majid Mall« stand in großen Buchstaben über der Tür eines dieser gläsernen Riesen. Wir gingen hinein, blieben aber kurz hinter dem Eingang stehen. In diesem Einkaufszentrum waren viele Menschen, doch keiner sah so aus wie wir. Sie trugen saubere bunte Kleidung, hielten große Tüten in den Händen und lachten fröhlich. Menschen wie wir, die aus dem Staub kamen, gehörten nicht hierher.

Najiba war es nicht gewohnt, durch fremde Stadtteile und volle Einkaufszentren zu laufen und mit unbekannten Menschen zu sprechen, denn sie war zwei Jahre lang nicht aus dem Camp herausgekommen, außer am Nowruzfest zur Moschee und manchmal am Wochenende zum Frauenpark. Sie hatte Angst, dass man uns jeden Moment verhaften würde.

»Warum sollte man uns verhaften? Jeder kann gehen, wohin er will. Aber du musst den Kopf heben und den Menschen in die Augen sehen, einfach mutiger sein«, erwiderte ich.

Meine Schwester Najiba ist klug. Sie weiß viel mehr als ich, aber sie hat nicht gelernt, mutig zu sein.

Wir gingen langsam an den Geschäften im Einkaufszentrum entlang. Ich hatte Hunger, doch wir konnten uns nicht mal den Blick auf die Köstlichkeiten leisten, die überall in den Geschäften hier gestapelt waren. Vor einer Bäckerei lag auf einem Tisch ein großer Berg frisch gebackener naans. Ich kaufte uns mit meinen letzten Afghani eines davon und dann gingen wir zurück auf die Straße. Auf dem großen Schaufenster eines Geschäftes stand »Ice-Land«. Darin saßen Menschen auf grünen und roten Stühlen und hatten große Becher mit bunten Eiskugeln vor sich stehen. Wir schauten ihnen durch das Fenster zu, bis der Besitzer herauskam und uns verjagte.

Ein Taxifahrer half uns schließlich, das Haus von Nilas Großvater zu finden. Er schaute auf seinem Stadtplan nach und fragte: »Was wollt ihr denn dort? Das sind vornehme Leute. Khan Najibullah ist einer von den Warlords, die im Krieg reich geworden sind. Der lässt euch sicher nicht rein. Vor seinem Tor steht ein Wachmann.« Er musterte uns von oben bis unten. »Geht nach Hause, wascht euch und zieht euch saubere Kleidung an. Und kommt morgen wieder. Vielleicht nehmen sie euch dann.«

Ich hatte ihm gesagt, dass ich eine Arbeit als Gärtner suche und meine Schwester eine in der Küche.

Die Sonne war schon untergegangen, als wir endlich vor dem Haus standen. Es war ein richtiger Palast mit zwei Türmchen auf dem Dach. Rund um das Haus war eine

Mauer mit Bögen aus braunen Mosaiken. Dahinter ragten die beiden oberen Stockwerke in den Himmel. Ich konnte die weißen Säulen erkennen, die die Balkone trugen.

Wir standen eine Weile da und überlegten. Der Taxifahrer hatte recht gehabt. Wir passten nicht in dieses Haus. Der Wärter würde uns niemals hineinlassen.

»Zeig ihm die Kette von Nila«, sagte Najiba. »Wenn er sie zu Nila bringt, wird sie sie erkennen und sicher ans Tor kommen.«

Aber die Kette hatte ich ja an Mutters Bett gelegt, und sie hatte sie hoffentlich gefunden und verstanden, dass wir zu Nila gegangen waren. Dann würde sie sich keine Sorgen mehr um uns machen.

Najiba und ich waren müde und setzten uns unter einen Baum dem Haus gegenüber. Irgendwann schliefen wir ein. Ich wurde wach, als ein Auto vor dem Haus hielt und lautes Lachen ertönte. Drei junge Mädchen stiegen aus und gingen zur Eingangstür.

Es war dunkel, ich konnte ihre Gesichter nicht erkennen, aber ich hörte ihre Stimmen. Eine von den dreien war meine Schwester Nila. So fröhlich hatte ihre Stimme schon seit vielen Jahren nicht mehr geklungen. Die anderen, das erfuhr ich später, waren ihre neuen Cousinen. Der Wärter öffnete das Tor und sie verschwanden hinter der Mauer. Ich hörte, wie ihr Lachen leiser wurde und schließlich verstummte.

Wenn ich nicht so müde gewesen wäre, hätte ich Najiba jetzt geweckt und wir wären wieder gegangen. Um Nila brauchte ich mir keine Sorgen mehr zu machen. Sie schien glücklich zu sein. Nur wir gehörten hier nicht hin. Der Taxifahrer hatte recht.

Ich hatte gehofft, dass Nilas Familie uns weiterhelfen könnte, aber als ich auf die hell erleuchteten Fenster des Hauses schaute und die laute Musik hörte, die aus einem der Zimmer kam, wusste ich auf einmal, dass unser Platz auf dieser Seite der Mauer war und wohl auch bleiben würde.

Aber was sollten wir jetzt machen? Wenn ich allein gewesen wäre, dann hätte ich zu meiner Taekwondo-Lehrerin im Frauenpark gehen können. Ich hatte ihr von Babas Plan erzählt und von meiner großen Angst vor Onkel Ali.

»Wann immer du Hilfe brauchst, kannst du zu mir kommen«, hatte sie gesagt. »Wir finden eine Lösung. Du kannst bei mir wohnen und mir bei meinen Trainingsstunden helfen.«

Aber das wäre keine Lösung für Najiba gewesen. Ich beschloss, es dennoch zu versuchen. Bibi Aisha würde sicher einen Ausweg finden. Also legte ich mich wieder neben Najiba und schlief weiter. Ich wachte erst wieder auf, als mich jemand heftig rüttelte.

»Amina! Najiba! Wie kommt ihr denn hierher?«

Nila hockte vor uns, nahm uns in den Arm und drückte uns. Ihre weiße Bluse bekam rotbraune Flecken von dem Staub, der uns bedeckte. Sie war auf dem Weg zur Schule, rief nun aber ihren Cousinen zu, dass sie mit dem Fahrer schon vorfahren sollten. Dann zog sie uns durch das Tor hinter die Mauer, obwohl der Wärter misstrauisch zu uns herübersah.

In den nächsten Stunden kam ich mir vor wie in einem der Märchen meiner Großmutter – Nila war die Prinzessin und ich der arme Prinz. Zuerst gingen wir durch einen Garten mit riesigen alten Bäumen und einem großen Teich, überall waren Beete mit blühenden Blumen.

Vom Eingangsbereich des Hauses, der sicher fünfmal so groß war wie unsere ganze Wohnung im Dorf, führte Nila uns in einen Raum, der mit kostbaren Teppichen ausgelegt war. Da standen Sessel aus rotem Samt und an den Wänden hingen bunte Wandbehänge. Dann ging es weiter in die Küche, wo ein Diener mir ein Glas mit einer roten Flüssigkeit in die Hand drückte. Sie schmeckte wie Granatapfelsaft.

Eine Dame kam die große Mamortreppe herunter. Es war Nilas Tante Hussei, wie sie mir erklärte. Nilas Großvater war vor drei Jahren gestorben, und nun gehörte das Haus seinem Sohn, der mit seiner Frau und seinen drei Kindern hier lebte.

Tante Hussei war sehr freundlich zu mir. Nila stellte mich als ihren Bruder vor, der eigentlich ihre Schwester ist.

Tante Hussei lachte. »Dann wollen wir mal sehen, ob wir passende Kleidung für dich haben, Amin. Und auch für dich, Najiba. Der Fahrer soll dich nachher zur Schule fahren«, sagte sie zu Nila. »Erzählen könnt ihr heute Abend.«

Tante Hussei fragte nicht, woher wir gekommen waren und was wir hier wollten. Wir waren Nilas Geschwister, also Teil der Familie, und so behandelte sie uns auch. Als Erstes führte sie uns in ein Zimmer, das sie Badezimmer nannte. Es war tatsächlich ein ganzes Zimmer nur zum Waschen. Ich sah zum ersten Mal eine Toilette mit einem Hebel zum Nachspülen und schneeweißes, weiches Papier, mit dem man sich säubern konnte.

Tante Hussei gab Najiba eine salwar und ein hüftlanges kamiz von Nila, und ich bekam Kleidung, die ihrem Sohn zu klein geworden war. Najiba sollte auf einer Matratze in Nilas Zimmer schlafen, ich wurde im Gästezimmer untergebracht.

»Hier kannst du fürs Erste bleiben«, sagte Tante Hussei zu mir.

Es gab ein Bett, das auf vier Füßen stand, einen Schreibtisch, einen Stuhl und einen Kleiderschrank. Das Beste aber war das große Fenster, das zum Garten hinausging. Das wurde mein Lieblingsplatz, weil er mich an meine Fensterbank im Palast erinnerte.

Das Haus war so groß, das man sich darin verlaufen konnte. Im Esszimmer hatte der Koch wenig später extra für uns ein Frühstück aufgebaut. Es war mehr, als wir jemals gehabt hatten.

Tante Hussei setzte sich mit einer Tasse Tee zu uns an den Tisch.

»So, nun erzähl mal. Seit wann lebst du als bacha posh?«

Ich erzählte von unserem Dorf und dass Baba keinen Sohn hatte, aber unbedingt einen brauchte, wegen der Ehre und für die Arbeit, weil er einen verletzten Arm hatte.

Tante Hussei nickte. »Ich weiß, dein Vater hat meinem Schwiegervater das Leben gerettet. Khan Najibullah hat oft von ihm erzählt. Und auch von seiner Enkelin.« Nach einer Pause fuhr sie fort. »Es ist gut, dass er niemals erfahren hat, was mit Nila passiert ist. Er hasste jeglichen Verrat.«

Das Wort »Verrat« hing bedrohlich über unserem Frühstückstisch. Ich war auch sehr froh, dass Nilas Großvater schon gestorben war.

»Du bist fünfzehn, richtig?«, fragte Tante Hussei.

Ich kaute und nickte.

»Dann wird es Zeit, dass du die Jungenkleider ablegst.«

Ich schüttelte den Kopf.

Sie lachte. »Keine Sorge. Darüber können wir später noch reden. Aber was ist mit euren Eltern? Sie vermissen euch doch sicher.«

Ich schüttelte wieder den Kopf.

»Sie sind inzwischen ins Dorf zurückgegangen«, sagte ich dann. »Und ich kann nicht mit, weil mein Onkel Ali zornig darüber ist, dass ich Nila ins Frauenhaus gebracht habe. Ich habe Angst. Und Najiba auch. Sie soll an Nilas Stelle die Frau von Onkel Alis Freund werden.«

Tante Hussei war entsetzt. »Ihr bleibt jetzt erst einmal hier. Mein Mann ist für einige Monate geschäftlich in Pakistan. Wenn er zurückkommt, sehen wir weiter.«

Nila kehrte erst am späten Nachmittag aus der Schule zurück. Ich hatte sie zwei Monate lang nicht gesehen und sie hatte sich sehr verändert. Sie hatte ein blaues Kleid mit einer bunten Weste an, die Ärmel hochgekrempelt. Sie trug zwei Ringe, eine Uhr am Handgelenk und an den Fingern den Nagellack, den sie immer so gern haben wollte. Ihre Augen hatte sie schwarz geschminkt und ihre Haare fielen ihr offen bis auf die Schultern.

Nila war wunderschön, wunderschön fremd. Sie war Teil dieser neuen, fremden Welt geworden und im Unterschied zu mir bewegte sie sich hier, als hätte sie niemals im Staub gelebt.

Sie ging auch wieder in ihre geliebte Schule, in die Bibi Sara Highschool, wo sie einiges nachzuholen hatte, und wollte danach wie ihre Tante Hussei Jura studieren, um später für das Parlament zu kandidieren.

Die Tage flogen dahin, und zum ersten Mal in meinem Leben war ich immer richtig satt, ohne auch nur eine Sekunde dafür zu arbeiten. Ich musste kein Brennholz für die Feuerstelle organisieren und das Wasser kam aus einem goldfarbenen Hebel am Wasserbecken. Drei Mal am Tag stand das Essen auf dem Tisch. Es gab Gerichte, die ich nur aus den Erzählungen meiner Großmutter kannte, und es blieb immer eine Menge davon übrig, weil alle satt waren, bevor sie aufgegessen waren.

Die Bilder an den Wänden erkannte ich von den Fotos von Nilas Mutter wieder. Hier hatte sich nicht viel verändert. Nila war glücklich, dass sie in der Welt ihrer Mutter leben konnte. Und auch Najiba wuchs von Tag zu Tag mehr in dieses neue Leben hinein.

Sie ging nun wieder zur Schule und saß nach dem Unterricht stundenlang an ihrem Schreibtisch, um zu lernen. Bei mir war das mit der Schule schwieriger. Tante Hussei wollte mich in einer Mädchenschule anmelden, aber das wollte ich nicht und sie drängte mich auch nicht.

»Wir warten, bis Onkel Tarik zurückkommt«, sagte sie immer wieder. »Es eilt ja nicht.«

Dabei hatte ich viel mehr nachzuholen als meine Schwestern, denn ich war ja kaum vier Jahre zur Schule gegangen. Ich konnte zwar lesen und schreiben und Verse aus dem Koran zitieren, aber viel mehr auch nicht. Während meine Schwestern bei Tante Zohra gelernt hatten, hatte ich mit Baba auf dem Feld gearbeitet. Und seit wir im Camp waren, hatte ich erst recht keine Zeit zum Lernen gehabt.

Tante Hussei versorgte mich mit Büchern aus der Schule ihres Sohnes Farid, mit dem ich mich nicht besonders gut verstand. Ich glaube, er wusste nicht, was er mit mir anfangen sollte. Ich trug zwar seine alten Kleider und verhielt mich wie ein Junge, aber ich war eben keiner. Also tat er so, als ob ich gar nicht existierte.

Am Wochenende nahmen Nila und ihre Cousinen Najiba und mich mit ins Restaurant, ins Kino und manchmal auch in die Eisdiele, die wir am ersten Tag bewundert hatten. Diesmal verjagte uns der Besitzer nicht. Wahrscheinlich erkannte er uns nicht, so frisch gewaschen, wie wir waren, und in unserer neuen Kleidung.

Tagsüber saß ich meist vor dem Fernseher oder dem Computer, der in Nilas Zimmer stand. Ich schaute mir die Nachrichten an und vor allem eine Sendung, die jedes Wochenende im Fernsehen lief. Es war ein musikalischer Wettbewerb, in dem Sänger aus dem ganzen Land antraten, um den Titel »Afghanischer Superstar« zu gewinnen.

Die Show lief seit vielen Jahren, wie Tante Hussei mir erklärte, aber erst seit kurzer Zeit waren auch Frauen dabei. Eine von ihnen hieß Latifa. Sie war bei der achten Staffel im Jahr 2013 sogar unter die ersten vier gekommen. Aber sie und die anderen weiblichen Sänger erhielten viele Drohanrufe, weil sie sich als Frauen öffentlich im Fernsehen zeigten. Man wollte sie umbringen. Sogar ihre eigenen Verwandten drohten ihnen. Latifa flog von der Schule, weil sie bei der Show mitgemacht hatte. »So etwas macht kein anständiges Mädchen!«, haben ihre Lehrer gesagt.

In der aktuellen Staffel hatte ein Mädchen namens Zahra große Chancen auf den Sieg. Nila und ihre Cousinen und auch Tante Hussei schauten jede Folge und riefen für sie beim Sender an. Auch ich wollte unbedingt, dass sie gewann, und hoffte sehr, dass niemand sie dann umbringen würde.

Tante Hussei und Nilas Cousinen lachten, als ich das sagte. Aber meine Schwestern und ich konnten nicht mitlachen. Wir hatten erlebt, wozu manche Männer fähig waren, wenn Frauen etwas taten, was sie nicht für richtig hielten.

■ ■ ■

»Eine Frau wird bei dieser Sendung niemals gewinnen!«, sagte Nasrin.

»Niemals!«

»Niemals!«

Die Frauen waren sich einig.

Amin musste lachen. »Woher wollt ihr das wissen? Meine Geschichte ist noch nicht zu Ende!«

ZWÖLF

Anfangs fand ich es richtig gut, nur das zu tun, was mir Spaß machte. So eine schöne Zeit hatte ich schon lange nicht mehr gehabt. Aber dann fing ich an, mich zu langweilen. Alle waren beschäftigt, nur ich nicht. Selbst Nilas kleiner Sohn ging jeden Tag in einen Kindergarten.

Daher war ich froh, als Tante Hussei mich bat, ihr bei den Vorbereitungen für die Parlamentswahl zu helfen. Sie war schon seit 2014 Abgeordnete im Parlament und wollte unbedingt wiedergewählt werden.

Zusammen mit ihr fuhr ich überall in der Stadt herum und klebte Plakate mit ihrem Bild an die Bäume. Dass eine Frau kandidierte, sahen nicht alle gern. Noch weniger gefielen diesen Leuten ihre Themen, denn Tante Hussei kämpfte für mehr Frauenrechte.

»Die Frauen machen über die Hälfte unserer Bevölkerung aus und ihre Stimme wird entscheidend sein – wenn sie zur Wahl gehen …« Nach einer kurzen Pause ergänzte sie: »… dürfen. Denn das bestimmen immer noch ihre Ehemänner.«

»Frauen dürfen wählen, weil es im Gesetz steht!«, erwiderte ich.

»Ja, sicher«, sagte Tante Hussei und lächelte. »Frauen haben bei uns sogar schon im Jahr 1933 das Wahlrecht bekommen, aber nur auf dem Papier. Du weißt doch selbst, dass außerhalb von Kabul immer noch viele Frauen ohne die Zustimmung ihrer Männer nicht einmal das Haus verlassen dürfen.«

»Und das wird sich niemals ändern«, sagte ich traurig.

Manchmal wurden wir beschimpft, wir sollten nach Hause gehen und die Politik den Männern überlassen.

»Niemals werden Frauen Gesetze machen, die ein Mann befolgen wird!«, schrie uns einer an, riss unser Plakat von der Mauer und trampelte mit den Füßen darauf herum.

Das machte mich so wütend, dass ich mit erhobenen Fäusten auf ihn losging. Ich zog mein linkes Bein an meinen Körper, aber bevor ich den Mann mit einem gezielten Tritt auf den Boden schleudern konnte, riss mich Tante Hussei zurück.

Der Mann war so erschrocken über meinen plötzlichen Angriff, dass er wortlos davonlief.

Tante Hussei war verärgert.

»Was machst du nur?«, schimpfte sie.

»Taekwondo. Ich lerne gerade verschiedene Tritte.«

»Wenn du ihn verletzt hättest, wärst du jetzt auf dem Weg ins Gefängnis.«

»Aber wir können uns doch nicht alles gefallen lassen. Das hast du selber gesagt«, erwiderte ich.

Tante Hussei musste lachen. »Natürlich nicht. Aber zum Glück sind ja nicht alle Männer so. Mein Mann zum Beispiel unterstützt mich sehr. Und diese Männer hier werden auch irgendwann begreifen, dass die Zeiten sich geändert haben und wir Frauen mitbestimmen wollen«, sagte sie. »Nur leider wird das noch eine Weile dauern.«

»Und wenn die Taliban kommen? Dann ist wieder alles vorbei!«

Seit ich von Baba gehört hatte, dass die Taliban wieder auf dem Vormarsch waren, hatte ich keine große Hoffnung mehr.

Aber Tante Hussei war ganz anderer Meinung. Sie schien die Taliban auszublenden und erzählte mir stattdessen von einer Demonstration von Frauen vor einigen Jahren, an der sie teilgenommen hatte. Sie demonstrierten gegen die Gewalt von Männern, die ihre Frauen verprügelten, wie Nilas Mann das gemacht hatte.

»Unter den Taliban wären diese Demonstranten verhaftet und öffentlich hingerichtet worden«, sagte Tante Hussei.

Ja, das war sicher ein Fortschritt. Aber wenn Männer wie Onkel Ali in Kabul die Kontrolle übernahmen, wie bereits in vielen Dörfern und Städten, dann würde das Prügeln von Frauen wieder ein ganz normales Recht des Mannes werden.

Tante Hussei und ich hatten den ganzen Morgen Flugblätter verteilt und Plakate an Bäume und Mauern geklebt. Darauf forderte Tante Hussei vor allem Respekt für die Frauen und Schulbildung für alle. Selbst wenn die Mädchen zur Schule gingen, wurden sie meist nur vier Jahre lang unterrichtet. Dann verschwanden sie im Haus der Eltern, bis sie verheiratet wurden.

»Das Problem ist«, sagte Tante Hussei, »dass nicht nur die Taliban eine Schulbildung für Mädchen ablehnen. Auch im afghanischen Parlament und in der Regierung sitzen Männer, die das nicht wollen. Aber wenn wir nicht wenigstens ein Gesetz darüber verabschieden, werden wir kein Geld und auch keine Soldaten mehr von den westlichen Ländern bekommen. Und die brauchen wir, damit die Taliban nicht wieder die Herrschaft bei uns übernehmen.«

»Und was ist mit der Schulbildung für Jungen?«, fragte ich. »Sie müssen mitarbeiten, um Geld für die Familie zu verdienen. Und wer arbeiten muss, kann nicht zur Schule gehen. So wie ich. Und wer arm ist, hat sowieso keine Chance, egal ob er ein Junge oder ein Mädchen ist.«

Tante Hussei gab mir recht. »Und trotzdem gehen dreimal so viele Jungen bei uns in die Schule wie Mädchen.«

Mittags gingen wir häufig auf die Dachterrasse eines Restaurants in der Nähe des großen Einkaufszentrums. An den Tischen saßen junge Männer und Frauen gemeinsam, unterhielten sich und lachten fröhlich.

»Ich komme gern hierher«, sagte Tante Hussei. »Die jungen Leute sind unsere Hoffnung. Viele sind gut ausgebildet, manche haben im Ausland studiert. Früher mussten Frauen bei uns im Land keine Angst haben. Und jetzt öffnet sich unsere Gesellschaft langsam wieder, auch durch das Internet.«

Sie war so begeistert und hoffnungsvoll, dass ich sie nicht enttäuschen wollte. Wo ich herkam, gab es keinen Ort wie diesen. Um einen Latte macchiato mit Blick auf die schneebedeckten Berge trinken zu können, brauchte man Geld, das musste man sich leisten können. Aber die meisten von uns hatten nicht einmal genug Geld, um sich im Kino einen Film darüber anzusehen.

Die Afghanen an den Tischen um mich herum gingen sicher alle aufs College oder an die Universität. Sie hatten die Bildung bereits, die Tante Hussei für alle einforderte.

Meine Eltern konnte ich mir hier oben nicht vorstellen. Auch ich selbst gehörte nicht hierher. Demokratie, Frauenrechte, Bildung – das war etwas, was nur die Reichen bekommen konnten. Ich mochte Tante Hussei sehr und sie bemühte sich wirklich, etwas zu verändern, aber sie hatte niemals im Staub gelebt, musste niemals Wasser in Eimern vom Brunnen oder von einem Wasserwagen holen, und sie wusste immer, dass sie auch am nächsten Tag satt werden würde.

Tante Hussei glaubte wirklich, dass eines Tages alle Afghanen daran teilhaben würden. Und manchmal, wenn ich sie reden hörte, schloss ich die Augen und fühlte mich in eines von Großmutters Märchen versetzt: Es war einmal – oder auch nicht? Und der Prinz führte die Prinzessin am

Ende immer nach Hause und sie wurden glücklich miteinander.

Ich bewunderte Tante Hussei vor allem für ihren Mut. Sie saß nicht den ganzen Tag in ihrem schönen Haus, sondern fuhr überall herum und verteilte ihre Flugblätter. Das war nicht ungefährlich.

Die Taliban kündigten bereits seit Wochen Anschläge an, die während der Wahl stattfinden sollten. Ich hatte im Internet gelesen, dass inzwischen schon 126 Zivilisten bei Terroranschlägen auf Wahlregistrierstellen, Wahllokale oder Wahlkampfveranstaltungen getötet und 240 weitere verletzt worden waren.

Die Taliban bezeichneten die Wahl als »amerikanische Verschwörung« und forderten alle Afghanen zum Boykott auf. Sie warnten Schuldirektoren davor, ihre Klassenzimmer als Wahlbüros zur Verfügung zu stellen. Mit Straßensperren im ganzen Land wollten sie Wähler daran hindern, ihre Stimme abzugeben.

Auch zehn Kandidaten waren schon durch Anschläge getötet worden. Einer von ihnen, Abdul Dschabar Kahraman, wurde durch eine in seinem Sofa versteckte Bombe ermordet.

Wenn ich solche Nachrichten abends im Fernsehen hörte und die Bilder von den verletzten Menschen sah, dann zerplatzte das schöne Märchen von einem Leben in Frieden.

Tante Hussei aber machte es Mut, noch mehr zu kämpfen.

»Jetzt erst recht!«, rief sie.

Ich aber wusste, dass es keinen Sinn machte. Am Ende würden die Taliban siegen. Niemand konnte sie aufhalten, nicht einmal die vielen Soldaten aus Amerika und Deutschland und all den anderen Ländern, und auch nicht das Geld, mit dem die fremden Staaten unsere Regierung unterstützten – ja, nicht einmal die Hoffnung und der Mut von Tante Hussei.

Seit vierzig Jahren herrschte Krieg bei uns. Manchmal denke ich, Afghanistan ist verflucht von Tausenden von bösen Dschinn, die den Frieden für immer in einem tiefen Verlies eingesperrt haben.

Eines Abends, als ich wieder vor dem Fernseher saß, fragte Tante Hussei, die merkte, wie mutlos ich war: »Kennst du eigentlich unseren berühmtesten Dichter Rumi?«

Ich nickte. »Bei uns im Dorf wohnt ein Malang, der mir viel von ihm erzählt hat.«

»Oh, gut«, sagte sie. »Dann kennst du sicher auch diese Verse:

Achte gut auf diesen Tag,
denn er ist das Leben –
das Leben allen Lebens.
In seinem kurzen Verlauf
liegt die ganze Wirklichkeit
und die Wahrheit des Daseins,
die Seligkeit des Wachsens,
die Größe des Tuns,
die Vollkommenheit der Kraft.
Denn das Gestern
ist nichts als ein Traum
und das Morgen nur eine Vision.
Das Heute jedoch – recht gelebt –
macht jedes Gestern
zu einem Traum voller Glück
und das Morgen
zu einer Vision voller Hoffnung.
Darum achte gut auf diesen Tag!

Aufgeben ist keine Option, Amina. Was heute aussichtslos scheint, kann morgen Wirklichkeit werden. Aber du musst es heute versuchen.«

Tante Hussei war nicht die einzige mutige Frau, die ich in dieser Zeit kennenlernte. Nila nahm mich wenig später mit zu Zan TV, wo sie an einigen Tagen im Monat ein Praktikum machte. Das ist ein Fernsehsender, der zwar von einem Mann gegründet wurde – und auch die meisten Techniker dort sind Männer –, aber nur Frauen stehen vor der Kamera. In den Sendungen geht es um Gesundheit, Erziehung, Wirtschaft und Politik. Die Journalistinnen zeigen in ihren Berichten, wie stark und mutig Frauen sein können, und machen damit auch anderen Mut, ihr Leben selbst in die Hand zu nehmen.

Aber sogar die Frauen bei diesem Sender werden oft bedroht, weil sie sich in aller Öffentlichkeit vor der Kamera zeigen.

»Und trotzdem tun sie es«, sagte Nila stolz, »weil sie einen Traum haben, einen Traum von einem Afghanistan, in dem die Rechte der Frauen nicht nur auf dem Papier stehen und jede Frau sich so frei bewegen kann wie ein Mann.«

■ ■ ■

»Ich habe auch dort gearbeitet«, sagte eine Frau, die Leander hieß, als Amin geendet hatte. Sie war nicht viel älter als Nila.

»Bei Zan TV?«, fragte Amin verwundert.

Leander nickte. »Ich wollte nach dem Studium unbedingt dort arbeiten, weil ich hoffte, dort Sendungen machen zu können, die man sonst niemals ins Fernsehen bekommt. Und mit dem Fernsehen erreichen wir auch Frauen, die nicht lesen und schreiben können.«

»Aber warum bist du jetzt hier?«

Amin hatte gehört, dass manche Frauen, die bei diesem Sender arbeiteten, bedroht wurden, aber von Verhaftungen war nicht die Rede gewesen.

»Ich habe über Frauen berichtet, die in Frauenhäusern oder im Gefängnis saßen, weil sie vor ihren wütenden Männern geflüchtet sind, wie viele von uns hier. Oder weil sie nach einer Zwangsheirat weggelaufen sind wie deine Schwester Nila. Sie alle sind Opfer, werden aber wie Verbrecher behandelt, auch von den Behörden. Wenn eine Frau vergewaltigt wird, ist sie selber schuld, heißt es dann.«

»Auf Facebook habt ihr nur Likes«, sagte Malalai. »Und ihr werdet für euren Mut gelobt. ›Ihr werdet Afghanistan verändern‹, hat sogar ein Mann geschrieben.«

»Die Drohungen kommen vor allem aus den ländlichen Gebieten um Kabul«, erklärte Leander. »Aber es gibt auch Männer, die Gutes über uns schreiben und sich über das Verhalten der anderen aufregen, weil es genau das Gegenteil von dem ist, was der Koran vorschreibt. Und dann gibt es wieder Zuschriften wie ›Macht nur weiter so, wir kriegen euch schon!‹. Mich hat jemand anonym angezeigt, weil ich angeblich mit einem Kollegen Sex hatte, obwohl wir beide verheiratet sind. Der Kollege hat eine Abmahnung bekommen, mich haben sie ins Gefängnis gesteckt, obwohl mein Mann mir geglaubt hat. Ich hoffe, er holt mich bald hier raus.«

DREIZEHN

Am 20. Oktober war es dann so weit – die Wahl sollte an diesem Tag stattfinden. Als ich mit Tante Hussei, Nila und Nilas Cousinen zum Wahllokal fuhr, standen die Menschen dort schon in langen Schlangen an, um ihre Stimme abzugeben. Frauen und Männer warteten in getrennten Reihen.

Tante Hussei freute sich über die vielen Menschen, die sich von den Taliban nicht einschüchtern ließen. Sie hatten nämlich gedroht, jedem Wähler, den sie zu fassen bekämen, den Stimmfinger mit der blauen Tinte abzuschneiden. Was sie auch tatsächlich bei einigen gemacht haben. Vor manchen Wahllokalen gab es Anschläge, explodierende Autos mit Verletzten und mehr als zwanzig Toten.

Aber das kam erst in den Nachrichten, als Tante Hussei, Nila und ihre Cousinen längst gewählt hatten. Sonst wären wir wohl zu Hause geblieben wie so viele, die Angst vor einem Anschlag hatten. Denn dass die Taliban keine leeren Drohungen machten, wusste jeder. Die Reichen in diesem Stadtteil hatten genug zu essen, tolle Häuser, aber sicherer als wir im Camp lebten sie hier nicht. Der Terror ließ sich nicht wie der rotbraune Staub aus den Stadtteilen der Reichen vertreiben.

Und dann begann das Warten. Die Wahlen am 20. Oktober und die Stimmenauszählung waren chaotisch verlaufen, was die Bekanntgabe des Wahlausgangs erheblich verzögerte.

Es war schon Mitte Januar, als die vorläufigen Ergebnisse endlich feststanden. Neun der dreiunddreißig Abgeordnetensitze für das neue Nationalparlament gingen an Frauen, und auch Tante Hussei würde ins Parlament einziehen. Die Mühe des Wahlkampfes hatte sich also gelohnt und wir feierten ein großes Fest.

Inzwischen lebte ich schon fast vier Monate bei Nilas Verwandten, die ja irgendwie auch meine Verwandten waren, weil Nila und ich den gleichen Vater hatten. Mittlerweile war auch Onkel Tarik zurückgekommen. Seine Geschäfte waren offenbar gut gelaufen, jedenfalls brachte er für alle Geschenke mit. Ich erhielt ein salwar kamiz in leuchtendem Rot mit bunten Stickereien an den Ärmeln und eine rote dupatta, die ebenfalls bestickt war.

Es war mein erstes Kleid und der schönste salwar kamiz, den ich jemals gesehen hatte. Trotzdem fühlte ich mich nicht sehr wohl, weil ich vor allem die Botschaft spürte, die damit verbunden war: Onkel Tarik wollte nicht, dass ich mich noch länger wie ein Junge kleidete.

Ich hatte schon seit Wochen ungeduldig und etwas ängstlich auf seine Rückkehr gewartet, denn ich wusste nicht, wie er über mich entscheiden würde. Tante Hussei hatte immer wieder gesagt, dass ich als bacha posh natürlich für eine bestimmte Zeit ihr Gast bleiben könne, aber wenn ich als Teil der Familie hier leben wolle, müsse ich Mädchenkleider tragen. Nur als Mädchen könne ich in der Schule angemeldet werden.

»Wir warten, bis Onkel Tarik zurückkommt«, sagte sie. »Aber er wird sicher genauso entscheiden. Ich bin auch als bacha posh aufgewachsen. Als ich vierzehn Jahre alt war, war es damit vorbei. Ich bin dann auf eine Mädchenschule gegangen, habe meinen Abschluss gemacht und danach geheiratet.«

»Aber wie konntest du das ertragen?«, fragte ich.

»Das war anfangs sehr schwierig für mich«, erzählte Tante Hussei. »Ich habe Mädchenkleider gehasst, ich habe mein neues Leben gehasst und auch meinen Mann. Aber es muss so sein, es gibt keine Alternative. Wie willst du als bacha posh leben, wenn du erwachsen bist? Allein? Ohne jemals eine Familie mit Kindern zu haben?«

»Hast du wirklich nie darüber nachgedacht, als bacha posh weiterzuleben?«, fragte ich sie.

»Nein, nie! Dafür war ich nicht mutig genug. Und es hat viele Jahre gedauert, bis ich mich als Frau annehmen konnte. Aber jetzt ist es gut so, wie es ist. Ich bin dankbar dafür, dass ich als Kind diese Freiheiten hatte. Das hat mich selbstbewusst gemacht, so wie meine Mutter es wollte.«

Und nun stand ich vor Onkel Tarik, das Kleid in der Hand, das er mir geschenkt hatte. War es wirklich ein Zeichen dafür, dass meine Zeit als bacha posh nun zu Ende war?

Als ich nach oben in mein Zimmer ging, um mich umzuziehen, war mein Kleiderschrank leer geräumt. Tante Hussei hatte meine Hosen und Hemden herausgenommen und offenbar schon längst neue Kleider für mich angeschafft, die nun auf Bügeln im Schrank hingen.

Ich zog Onkel Tariks Kleid an und stellte mich vor den großen Spiegel. Wenn meine kurzen Haare nicht gewesen wären, dann hätte ich mich wohl selbst für ein Mädchen gehalten. Das Äußere stimmte nun einigermaßen, aber nicht meine Gefühle. Ich war Amin und das würde sich auch so schnell nicht ändern.

Ich ging nun morgens in die Mädchenschule, und wenn ich mittags nach Hause kam, machte ich meine Aufgaben und setzte mich dann vor den Fernseher. Freundinnen hatte ich keine. Und Nila und ihre Cousinen kamen erst gegen Abend aus der Highschool zurück.

Ich hasste die Schule, weil die anderen Mädchen viel jünger waren als ich. Man hatte mich nach einem Test drei Klassen tiefer eingestuft, als nach meinem Alter eigentlich vorgesehen war. Ich schämte mich, auch wenn niemand mir Vorwürfe machte.

Ich führte nun ein Leben, das ich mir vor einigen Monaten nicht hätte vorstellen können. Es war gut, dass ich abends nicht mehr mit Hunger im Bauch schlafen gehen musste, nicht mehr Wasser vom Brunnen nach Hause schleppen musste, ich hatte elektrisches Licht, einen Computer und einen Fernseher – auch wenn die Stromversorgung immer wieder zusammenbrach.

Aber anders als früher, als ich den ganzen Tag draußen unterwegs gewesen war, verließ ich das Haus nach dem Schulunterricht nicht mehr. Statt durch die Straßen zu laufen, saß ich im Sessel vor dem Fernseher oder in Nilas Zimmer vor dem Computer.

Während ich früher bei meinen abendlichen Besuchen im Palast direkt verfolgen konnte, wie seine Renovierung voranging, sah ich jetzt Videos darüber auf Youtube an, die andere aufgenommen hatten. Es gab auch Videos vom Vogelmarkt, die ich immer wieder anschaute, in der Hoffnung, ein bekanntes Gesicht zu entdecken. Vielleicht sogar Baba, der aus unserem Dorf gekommen war, um seine Kampfwachteln zu verkaufen. Aber meistens vergeblich.

Ich verfolgte die Berichte über Millionen von Menschen, die in den ländlichen Gebieten von einer Hungerkatastrophe betroffen waren. Der Regen war ausgeblieben und damit auch die Ernte. Mehr als 200 000 Menschen waren auf der Flucht vor dem Hunger. Manche Familien hatten ihre Töchter verkauft, die teilweise nicht einmal zehn Jahre alt waren, damit die Familie sich etwas zu essen besorgen konnte.

Ich machte mir zum ersten Mal, seit ich hier war, große Sorgen um meine Familie.

Hatten sie genug zu essen?

Wer half Baba nun bei der Arbeit auf den Feldern?

Wie hatte Onkel Ali reagiert, als Najiba nicht mitgekommen war? Sie war ja der Preis dafür gewesen, dass Baba überhaupt in unser Dorf zurückkehren durfte.

Ob sie wohl nach uns suchten?

Vielleicht lebten sie ja immer noch im Camp, weil Baba sich ohne Najiba nicht zurück ins Dorf getraut hatte? Aber wie konnte er in Kabul genügend Geld verdienen, wo er doch die Werkstatt verkauft hatte und ich nicht mithelfen konnte?

Und noch etwas anderes machte mir Sorgen: Es gab weiterhin täglich Anschläge der Talibankämpfer in Kabul auf Zivilisten. Die Taliban kontrollierten inzwischen die Hälfte unseres Landes. Drohnen der Amerikaner suchten außerhalb von Kabul nach Stellungen der Taliban, um sie zu zerstören. Immer wieder wurden dabei auch harmlose Zivilisten getroffen, wie zum Beispiel ein LKW-Fahrer, der Melonen transportierte.

Nach solchen Fernsehberichten hatte ich große Angst, dass Baba von einer Drohne getroffen werden könnte. Oder dass die Amerikaner die Taliban in unserem Dorf entdeckten. Würden sie dann das ganze Dorf bombardieren, ohne Rücksicht auf die Menschen, die eigentlich nur friedlich leben wollten?

Tante Hussei sagte, ich sollte mich nicht nur mit schlechten Nachrichten füttern. Das würde mich nur krank machen. Und damit hatte sie recht. Ich war jetzt schon krank vor Sorge um meine Familie. Am liebsten wäre ich in unser Dorf gefahren, um nachzusehen, ob sie tatsächlich dort waren und wie es ihnen ging. Aber dann fiel mir ein, dass ich ja zumindest herausfinden konnte, ob sie noch im Camp lebten.

Da ich davon ausgehen musste, dass Tante Hussei meine Jungenkleidung vernichtet hatte, suchte ich mir aus Farids Kleiderschrank eine kurta und eine tunban heraus und steckte sie in meine Schultasche. Meine Bücher und Hefte würde ich dafür zu Hause lassen, denn ich hatte nicht vor, am nächsten Tag zur Schule zu gehen.

Am darauffolgenden Morgen setzte mich der Fahrer vor der Schule ab, und ich wartete, bis er hinter einer Kurve verschwunden war. In einem Park in der Nähe schlüpfte ich aus meiner Schuluniform, stopfte sie in meine Schultasche und zog die kurta und die tunban an. Ich kann gar nicht beschreiben, wie gut sich das anfühlte. Mit dem Minibus fuhr ich in die Altstadt und ging von dort aus zum Vogelmarkt.

Wie hatte ich das vermisst, dieses Gurren, Piepsen und Pfeifen! Ich grüßte die Verkäufer wie alte Freunde und wurde zurückgegrüßt.

»Salem aleikum, Amin. Du warst lange nicht hier!«

»Aleikum salem, Sahib.«

Beim Stand von Sahib Basir blieb ich stehen. Auch er begrüßte mich freundlich. Als ich ihn nach Baba fragte, schüttelte er nur den Kopf.

»Deinen Vater habe ich schon viele Monate nicht mehr gesehen«, sagte er. »Ich dachte, er wollte in sein Dorf zurückkehren.«

Ich war enttäuscht, weil ich gehofft hatte, dass Baba nicht dorthin gegangen war. Da ich es nicht glauben wollte, machte ich mich auf den vertrauten Weg zum Camp, um mich selbst davon zu überzeugen. Je näher ich kam, desto schneller ging ich. Endlich konnte ich von Weitem den Palast sehen.

Im Lager war alles so wie immer. Da es nicht geregnet hatte, war der Boden trocken und überall spielten Kinder.

Ich lief den Weg entlang, der zu unserer Lehmhütte führte, und hoffte, dass ich am Ende Baba und Mutter finden würde. Aber sie waren nicht da. In der Hütte wohnte eine andere Familie, die keine Ahnung hatte, wer ihre Vorbesitzer gewesen waren und wohin sie gegangen waren.

Mehr Glück hatte ich bei unserem Camp Leader, der mich freundlich begrüßte und mir den Weg zu der Hütte zeigte, in der meine Familie jetzt wohnte. Die neue Hütte lag näher am Wasserwagen, sodass meine kleinen Schwestern mit den Eimern nicht so lange Wege zurücklegen mussten. Sie waren also doch nicht ins Dorf zurückgekehrt.

»Ich will mich da nicht einmischen«, sagte der Camp Leader, »aber dein Vater war sehr enttäuscht, als du weggegangen bist. Und ich war auch enttäuscht. Deine Schwester hat ihre Schüler hier im Stich gelassen.«

Was sollte ich ihm antworten? Die Wahrheit konnte ich nicht sagen. Das ging keinen Fremden etwas an. Ich war nicht hier, weil ich ein schlechtes Gewissen hatte. Ich hatte mir nur Sorgen um meine Familie gemacht und wollte nachsehen, ob alles in Ordnung war.

Ich habe sie an diesem Tag nicht mehr besucht. Ich wusste nicht, was ich ihnen hätte erzählen sollen. Es ging ihnen offenbar gut, sonst hätte der Camp Leader sicher etwas gesagt.

Ich fuhr mit dem Minibus zurück, zog mich im Park wieder um und stand pünktlich vor der Schultür, als der Fahrer kam, um mich abzuholen. Eine Woche später fuhr ich noch einmal los. Diesmal sagte ich dem Fahrer, dass ich bis zum Nachmittag Unterricht hätte.

Auf dem Basar kaufte ich Obst und Gemüse und ein Huhn. Ich gab mein ganzes Taschengeld dafür aus.

Baba saß vor der Hütte und redete mit einem älteren Mann. Als er mich sah, stockte er mitten im Satz, drehte sich um und verschwand in der Hütte.

Wenig später kam Mutter heraus. Sie weinte und umarmte mich.

»Geht es euch gut?«, fragte sie.

Ich nickte. »Baba …«

»Er will dich nicht sehen. Gib ihm Zeit. Er war so enttäuscht, dass du ohne ein Wort weggegangen bist«, sagte sie.

»Ich wollte nicht ins Dorf zurück«, erwiderte ich. »Ich hatte Angst.«

»Ich kann das verstehen, Amin. Aber dein Vater ist es nicht gewohnt, dass jemand sich gegen seine Entscheidungen stellt. Es ist uns nicht gut gegangen im letzten Winter. Er war krank und konnte nicht arbeiten. Ohne den Camp Leader hätten wir große Probleme gehabt.«

»Ich dachte, ihr seid ins Dorf zurückgegangen.«

»Ohne Najiba konnten wir das nicht. Aber du hast alles gut gemacht, Amin. Najiba wäre es wahrscheinlich wie Nila ergangen.«

Ich gab ihr meine Tüten mit dem Gemüse und dem Huhn und versprach ihr, in der nächsten Woche wiederzukommen.

Ich kam jetzt öfter später von der Schule nach Hause. Tante Hussei merkte das wohl, obwohl sie auch sehr viel unterwegs war, aber sie sagte nur: »Sei vorsichtig, Amin. Ich verstehe ja, dass du auf der Suche nach deinem eigenen Weg bist. Aber pass bitte auf dich auf!«

Ich besuchte meine Mutter mindestens einmal in der Woche. Baba wollte mich immer noch nicht sehen. Manchmal ging ich auch zu Bibi Aisha ins Sportzentrum im Frauenpark, die sich über meinen Besuch sehr freute. Ihr erzählte ich von meinem neuen Leben und mit ihr konnte ich auch darüber sprechen, dass ich keine Ahnung hatte, wo und wie ich in Zukunft leben wollte.

»Du kannst zu mir kommen, wann immer du willst«, sagte sie wieder.

Aber was wollte ich?

Eigentlich wusste ich nur, was ich nicht wollte.

Ich wollte nicht wieder im Camp leben. Das machte mir jeder Besuch dort klar. Und sobald ich genug Geld hatte, würde ich auch meine Familie herausholen.

Aber ich wollte auch nicht länger bei Tante Hussei wohnen. Jeder Tag in der Schule in einer Mädchenuniform zeigte mir, dass ich das nicht aushalten konnte.

Eines Tages traf ich meine Mutter im Camp mit verweinten Augen an. Als ich sie erschrocken fragte, ob jemand krank sei, schüttelte sie den Kopf. Sie gab mir ein längliches Paket, das in ein graues, schmutziges Tuch eingewickelt war. Als ich es vorsichtig auspackte, fiel eine Nayflöte heraus. Aber es war nicht irgendeine Flöte. Ich erkannte sie sofort. Es war die Nayflöte vom Malang.

»Wo hast du sie her?«

»Baba hat Onkel Achmed auf dem Vogelmarkt getroffen«, erklärte meine Mutter. »Er hat Baba das Paket gegeben. Der Malang wollte, dass du seine Flöte bekommst.«

»Ist er gestorben?«

Mutter fing wieder an zu weinen. Es dauerte eine Weile, bis ich verstand, was passiert war. Ich wusste natürlich, dass die Frauen in unserem Dorf trotz des Verbotes immer wieder heimlich zum Malang gingen, um sich Amulette und Pulvertüten zu holen. Ich hatte selbst gehört, wie Onkel Ali ihm gedroht hatte, ihn hinzurichten, wenn er mit seinen Zaubereien nicht aufhörte.

Wenn Onkel Ali und seine Leute im Winter im Dorf waren, traute sich natürlich keine der Frauen zum Malang, aber sobald die Taliban das Dorf im Frühling verließen, gingen sie wieder zu ihm. Und natürlich war das im ganzen Dorf bekannt. Aber bisher hatte niemand ihn und die Frauen verraten. Bis vor drei Wochen.

Onkel Ali hat den Malang verhaftet und auf dem Marktplatz auspeitschen lassen. Alle mussten dabei zusehen. Onkel Ali wollte von ihm wissen, welche der Frauen bei ihm gewesen ist, aber der heilige Mann hat keine von ihnen verraten. Er war sehr mutig, wie Tante Zohra.

Bevor der Malang starb, hat er Onkel Achmed gebeten, mir die Nayflöte zu bringen. Und mir zu sagen, dass er nun auch ein Gotteshauch werden wird.

»Aber das hat Onkel Achmed nicht verstanden. Und ich auch nicht«, meinte Mutter.

Obwohl ich unendlich traurig war, musste ich doch lächeln. Das verstand nur ich.

■ ■ ■

»Hast du schon mal von Kudsi Erguner gehört?«, wollte Leyla wissen.

Amin schüttelte den Kopf.

»Er kommt aus der Türkei und spielt seit seiner Kindheit die Nayflöte. Er gibt auf der ganzen Welt Konzerte. Du musst dir mal ein Video auf Youtube ansehen. Dann mach die Augen zu und stell dir vor, es ist dein Malang, der spielt.«

»Für meinen Malang war die Flöte sein bester Freund. Wenn ich hier raus bin, werde ich lernen, wie man sie spielt.«

»Ich denke, genau darum hat er sie dir geschenkt«, meinte Leyla. »Weil er wusste, du brauchst auf deinem Weg einen guten Freund.«

VIERZEHN

Am Wochenende fand das Finale von »Afghanischer Superstar« statt. Unsere Favoritin Zahra hatte es tatsächlich bis in die letzte Runde geschafft, und alle Frauen der Familie saßen gespannt im Wohnzimmer, um ihr die Daumen zu drücken. Am Ende gewann sie tatsächlich als erste Frau in dieser Sendung.

Wir jubelten alle. Es war irgendwie auch ein Sieg über die, die immer noch meinten, Frauen hätten in der Öffentlichkeit nichts zu suchen. Wir hielten die Luft an, als Zahra vor laufenden Kameras sagte, dass sie die Taliban mit ihrer Musik bekämpfen wolle. Wie mutig sie war! Ich wünschte, ich wäre wenigstens halb so mutig.

Ich hatte in den letzten Monaten so viele starke Frauen kennengelernt, dass ich mich schämte, weil ich, schon wenn der Name Taliban fiel, vor lauter Panik anfing zu schwitzen.

Seit drei Monaten tagte in Genf eine internationale Afghanistan-Konferenz. Nach vierzig Jahren Krieg sollte nun endlich der Frieden kommen. Tante Hussei glaubte fest daran. Beinahe hätte sie mich überzeugt, dass so eine internationale Konferenz wirklich erfolgreich sein könnte.

Aber als unsere Geschichtslehrerin uns im Unterricht erklärte, dass dies schon die dreizehnte Konferenz war, die seit dem Sturz der Taliban abgehalten wurde, war es wieder vorbei mit meinem Glauben an den Frieden. Denn wie konnte diese Konferenz etwas erreichen, wenn die zwölf davor keinen Erfolg gehabt hatten?

Und als ich dann auch noch unseren Präsidenten im Fernsehen sah, wollte ich von diesen Verhandlungen nichts mehr wissen. Er erklärte doch ernsthaft, dass er bei den diplomatischen Gesprächen die Taliban unbedingt mit einbeziehen wolle, um eine demokratische und offene Gesellschaft zu schaffen.

»Onkel Ali kann das Wort Demokratie nicht mal buchstabieren!«, schimpfte ich.

Auch Nila und Najiba konnten sich nicht vorstellen, dass die Taliban die Menschenrechte, vor allem die der Frauen, respektieren würden.

Bald zeigte sich, dass die Taliban nicht bereit waren, mit der Regierung zusammenzuarbeiten. Sie wollten nicht akzeptieren, dass in dem Verhandlungsteam der Regierung auch Frauen saßen. Stattdessen verübten sie einen weiteren Anschlag in Kabul.

»Wenn die Taliban in der Regierung sitzen, können wir unser Studium vergessen«, meinte Nila. »Frauen dürfen bei ihnen, wenn überhaupt, dann nur bis zur sechsten Klasse die Schule besuchen.«

»Aber es gibt auch Talibanführer, die für ihre eigenen Töchter eine höhere Schulausbildung genehmigen und sie dann im Ausland auf eine Universität schicken«, erwiderte Tante Hussei. »Dafür gibt es einige Beispiele.«

»Da Onkel Tarik aber kein Talibanführer ist, wird es für uns bestimmt keine solche Ausnahme geben«, antwortete Nila.

Meine beiden Schwestern hatten genau wie ich schlechte Erfahrungen mit den Taliban gemacht, sodass wir ihnen niemals vertrauen würden.

Mir machte es schon Angst, wenn ich hörte, wie weit sie inzwischen auf Kabul vorgerückt waren. Es war nur noch eine Frage der Zeit, wann sie wieder über das ganze Land herrschen würden. Und das wollte ich nicht in Frauenkleidern erleben.

Onkel Tarik und Tante Hussei planten für einen solchen Fall die Flucht nach Europa oder Amerika mit der ganzen Familie.

»Dort bist du auch als Frau frei, Amina«, sagte Tante Hussei. »Aber zunächst hoffen wir, dass es gar nicht so weit kommt.«

■ ■ ■

»Wenn alle fliehen, wird sich nie etwas ändern«, meinte Leyla. »Aber manchmal muss man gehen, um zu überleben.«

Amin nickte. »Deshalb sind wir aus unserem Dorf fortgegangen. Sonst wären Mutter und ich und meine Schwester Nila jetzt tot.«

»Wo willst du hin, wenn du hier rauskommst? Zurück zu deiner Tante? Oder zu deinen Eltern?«

Amin wusste es nicht.

»Deine Tante hat sich sicher große Sorgen gemacht, als du an dem Tag, an dem du verhaftet wurdest, nicht zurückgekommen bist. Hast du wieder die Schule geschwänzt?«

»Sie kam am Abend!«

»Genau. Und zwar in Hose und Mädchenbluse. Wo ist der Rest deiner Uniform?«

»Das ist es! Du warst an dem Tag wieder als Junge unterwegs.«

»Wo warst du, als man dich zusammengeschlagen hat?«

Die Fragen prasselten auf Amin ein.

Er zog seine Beine an den Körper, legte seinen Kopf darauf und die Arme schützend um sich.

Es wurde plötzlich still im Raum, ganz still.

Amin spürte ihre fragenden Blicke. Sie warteten auf eine Antwort.

Und in diese Stille hinein schlich sich die leise Stimme von Malalai: »Schau mich an, Amina.«

Langsam hob er den Kopf, zuckte wie immer ein wenig zusammen, wenn er die schrecklichen Narben in ihrem Gesicht sah, und schaute in ihre großen schwarzen Augen, die ihn liebevoll betrachteten.

»Es war Abend, als sie dich zu uns brachten. Erinnerst du dich? Du kamst zurück aus dem Camp oder von Bibi Aisha ... Vielleicht warst du ja im Park und wolltest deine Uniform wieder anziehen ...«

Langsam, Wort für Wort zog Malalais leise Stimme den Schleier beiseite, der sich auf Amins Erinnerung gelegt hatte.

»Ich habe bei Bibi Aisha trainiert«, begann er. »Sie hat gesagt, sie wird mich in die Mädchenmannschaft aufnehmen, wenn ich öfter zum Trainieren komme. Aber ich war mir nicht sicher, ob ich das wirklich wollte. Als Mädchen? Mit Kopftuch kämpfen? Da ist sie sehr ungeduldig geworden. ›Hör auf, so zu tun, als wärst du ein Junge‹, hat sie gesagt. ›Du bist ein Mädchen, das wie ein Junge aufgewachsen ist. Und du musst dich nun endlich entscheiden, als was du weiterleben willst.‹ In meinem Kopf ging alles durcheinander. Vielleicht habe ich deshalb auch nicht bemerkt, dass mich jemand beobachtet hat, als ich mich im Park umziehen wollte. Normalerweise war ich sehr vorsichtig und schaute mich immer um. Plötzlich bekam ich einen heftigen Schlag auf den Kopf. Mehr weiß ich nicht.«

»Dann bist du wahrscheinlich hier, weil jemand dir dabei zugeschaut hat, wie du als Junge Mädchenkleider anziehen wolltest«, sagte Malalai.

»Du kannst von Glück sagen, dass nicht mehr passiert ist. Für manche ist es eine Gotteslästerung, wenn man sein Geschlecht wechselt. Darum sei vorsichtig, Amin-Amina, wie auch immer du dich nennen wirst.«

Am nächsten Tag kam die Anwältin von Tante Hussei und holte Amin aus dem Gefängnis.

»Vergiss uns nicht!«, flüsterte Malalai ihm ins Ohr, als er sich verabschiedete.

Amin umarmte sie.

»Denk daran, wir brauchen Mädchen wie dich, die kämpfen können, Amina. Denk daran, wir brauchen dich!«, flüsterte Leyla ihr zum Abschied zu, als Amin auch sie umarmte.

Dann zog er seinen tschaderi über den Kopf und ging mit der Anwältin nach draußen vor das Gefängnistor.

»Warte hier«, sagte die Anwältin. »Ich bin gleich wieder da.«

Amin stand da und wartete. Er sah das Auto mit dem Fahrer von Onkel Tarik auf der Straße stehen, das ihn gleich zu seiner Familie zurückbringen würde.

Durch das schmale Gitter vor ihren Augen wirkte alles kleiner, enger. Sie kam sich vor wie ein Vogel in einem Käfig. Wenn sie sehen wollte, was rechts und links passierte, musste sie den Kopf zur Seite drehen.

Sie ging ein paar Schritte, stolperte, hielt sich im letzten Moment an der Mauer fest. Sie ging weiter, erst langsam, zögernd, dann schneller. Sie ging am Auto vorbei, der Fahrer beachtete sie nicht.

Unter ihrem tschaderi war sie geschützt. Er war Gefängnis und Freiheit zugleich.

Sie ging weiter, bis sie hinter einer Kurve vom Gefängnis aus nicht mehr zu sehen war.

Sie zog den tschaderi aus und ließ ihn auf den Boden fallen. Dann rannte er los und rannte und hörte gar nicht mehr auf zu rennen, bis er das Sportzentrum im Frauenpark erreicht hatte. Es war noch geschlossen.

Sie setzte sich vor der Tür auf den Boden und wartete. Sie wird Bibi Aisha sagen, dass sie in ihrer Mädchenmannschaft mitspielen wird, und sie wird sie fragen, ob ihr Angebot noch gilt, dass sie bei ihr wohnen kann.

Und morgen wird er Baba besuchen und ihm sagen, dass er ihm wieder helfen wird und dass sie es gemeinsam schaffen werden. Aber er wird nicht bei ihm wohnen und auch nur die

Arbeit machen, die er sich aussucht. Und er wird auch nicht heiraten, schon gar nicht jemanden, den Baba für ihn aussucht.

Morgen wird er auch Tante Hussei besuchen, sich bei ihr bedanken und ihr die Liste mit den Namen der Frauen aus dem Gefängnis geben. Tante Hussei wird wohl als Einzige verstehen, warum Amina weggehen muss. Sie war auch einmal ein bacha posh gewesen, aber nicht mutig genug, wie sie selbst gesagt hatte.

Der Malang hatte vor vielen Jahren zu Amin gesagt: »Du wirst eine lange Reise machen müssen, bevor du weißt, wer du bist und wer du sein willst.«

Diese Reise war nun zu Ende. Amin hatte seinen Weg gefunden. Er war Amin, aber er war auch Amina. Und das war gut so. Und wenn er sich eines Tages entscheiden sollte, als Frau weiterzuleben, dann war das ganz allein Aminas Entscheidung.

GLOSSAR

Afghani Währung in Afghanistan

al-Qaida terroristische Vereinigung, die weltweit Terroranschläge verübt

Baba Papa

bacha posh wörtlich: »als Junge verkleidet«. Familien, die keine Söhne haben, entscheiden sich manchmal, eine Tochter bis zur Pubertät als Sohn aufwachsen zu lassen.

bolani mit Kartoffeln und Joghurt-Knoblauchsoße gefüllte Teigtaschen

buzkashi traditionelles Reiterspiel. Die Spieler müssen versuchen, eine auf dem Spielfeld liegende tote Ziege im Galopp aufzunehmen und an einer vorher bestimmten Stelle abzulegen, was die anderen verhindern sollen. Jeder spielt dabei gegen jeden.

dupatta ein ca. zwei Meter langer und ein Meter breiter Schal, der außerhalb des Hauses auch als Schleier benutzt wird

haft mewah Getränk aus sieben Früchten zum Neujahrsfest

Hand der Fatima Amulett zum Schutz und als Glücksbringer. Fatima war die jüngste Tochter des Propheten Mohammed.

Kabul Hauptstadt Afghanistans

Koran/Koransuren heilige Schrift des Islam, besteht aus 114 Suren

Kundus Provinz nordöstlich von Kabul. Hauptstadt der Provinz: Kundus

kurta knielanges, kragenloses Hemd für Männer

Mudschaheddin islamische Kämpfer, die zwischen 1979 und 1989 gegen die sowjetischen Truppen im Land und gegen die eigene, den Kommunisten nahestehende Regierung kämpften

Mullah religiöser Gelehrter im Islam, leitet oft eine Koranschule

naan dünne, krosse Fladen aus Hefeteig (mit Joghurt vermischt)

Nayflöte Längsflöte (ca. 50–70 cm lang) aus Pfahlrohr

Nowruzfest am 20. oder 21. März; Beginn des neuen Jahres, gleichzeitig Frühlingsbeginn nach drei Wintermonaten

pakora Gemüse, Käse, Fisch oder Fleisch, in Teig aus Kichererbsenmehl frittiert

pulao Reisgericht mit Gemüse und vielen Gewürzen

Rumi Dschalāl ad-Dīn Muhammad Rūmī (1207–1273) wurde im Norden Afghanistans geboren und war ein Mystiker, Gelehrter und der berühmteste Dichter des Mittelalters im persischen Sprachraum. Heute werden seine Werke auf der ganzen Welt gelesen.

salwar kamiz besteht aus drei Teilen: salwar (Hose), kamiz (mindestens knielanges Hemd/Kleid, das ab der Hüfte aufgeschlitzt ist) und dupatta (Schal)

Scharia In der Scharia sind die Regeln und Rechtsvorschriften des Islam, nach denen sich das Leben eines gläubigen Muslim richten soll, festgeschrieben.

simenak Pudding zum Nowruzfest aus Weizenkörnern, Weizenmehl, Walnüssen, Pistazien und Öl

Taliban Viele der geflohenen Afghanen ließen ihre Kinder in Pakistan in Koranschulen unterrichten. Talib heißt eigentlich »Schüler« einer Koranschule. Dort lernten sie, dass alles, was sie wissen müssten, im Koran stehe, alle anderen Bücher seien überflüssig. Dort lernten sie auch, dass die Ungläubigen Afghanistan besetzt hätten und es ihre von Allah bestimmte Aufgabe sei, ihre Heimat zu befreien. Aus diesen Schülern wurden die Kämpfer, die man »Taliban« nennt. Sie bauten 1996–2001 in Afghanistan ein Terrorregime auf und sind auch heute wieder auf dem Vormarsch.

Taschakor dt. »danke«

tschaderi Ganzkörperschleier; großes Stofftuch – bei den Taliban meist hellblau – in das oben eine Kappe für den Kopf eingenäht ist. Sehen kann man nur durch ein Stoffgitter vor den Augen.

tunban traditionelle Hose für Männer

Warlord dt. »Kriegsfürst«; militärischer Anführer, der auf eigene Verantwortung dort die Kontrolle übernimmt, wo der Staat sie verloren hat

HISTORISCHER ABLAUF

Enthält nur die historischen Daten, die als Hintergrundinformation für diesen Roman dienen.

1919 Unabhängigkeit Afghanistans vom britischen Empire, nachdem Emir Amanullah Khan (1892–1960) die Briten besiegt hatte. Er reist nach Europa, u. a. auch nach Deutschland, und beginnt Afghanistan nach westlichem Vorbild zu modernisieren: Er führt eine moderne Verfassung und einen westlichen Lebensstil ein, nennt sich selber König und verfügt, dass Frauen keinen Schleier mehr tragen sollen.

1929 Es gibt Aufstände, vor allem in ländlichen Gebieten, gegen diese »unislamischen« Reformen. Amanullah muss nach Rom ins Exil fliehen. Seine Nachfolger machen viele seiner Reformen rückgängig.

1933 Mohammed Zahir Schah (regierte 1933–1973) führt allgemeine Wahlen ein, auch für Frauen. Seine fortschrittliche und westlich orientierte Politik ist umstritten, vor allem bei der ländlichen Bevölkerung.

1973 Zahir Schah wird durch Mohammed Daout Khan gestürzt, der sich an die Sowjetunion anlehnt und die Republik ausruft.

1978 Mitglieder der kommunistischen Volkspartei stürzen Mohammed Daout Khan, als er sich von der Sowjetunion lösen will und rufen die »Demokratische Republik Afghanistan« aus. Damit endet eine ca. 50 Jahre dauernde Friedenszeit. Es ist der Beginn des bis heute andauernden Konfliktes.

1979	Zur Unterstützung der Regierung marschieren sowjetische Truppen ein. Sie werden von den islamischen Mudschaheddin, die zum »heiligen Krieg« gegen die Ungläubigen aufrufen, bekämpft und erhalten Unterstützung von den USA, Saudi-Arabien und Pakistan.
1989	Die sowjetischen Truppen ziehen ab.
1992	Die Mudschaheddin nehmen Kabul ein, stürzen die von der Sowjetunion unterstützte Regierung und rufen den »Islamischen Staat Afghanistan« aus. Trotzdem gehen die Kämpfe befeindeter Milizen gegen die neue Regierung weiter.
1994	Die Taliban übernehmen die Kontrolle in verschiedenen Provinzen im Süden und Westen.
1995	Die Taliban bombardieren Kabul, auch Wohnbezirke, können aber zunächst besiegt werden.
1996	Die Taliban erobern Kabul und kontrollieren Mittel- und Südafghanistan.
1998	Der ehemalige Verteidigungsminister Ahmad Schah Massoud u. a. gründen die Vereinte Front gegen die Taliban, die ab 1998 im Norden gegen die Taliban siegt.
2001	Massoud spricht vor dem EU-Parlament, bittet um humanitäre Hilfe, warnt vor den Taliban und der al-Qaida. Ein Anschlag in den USA soll bevorstehen. Kurz darauf wird Massoud ermordet, zwei Tage später, am 11.9., erfolgt der Anschlag der al-Qaida auf das World Trade Center in New York und das Pentagon in Arlington. Im Oktober marschieren amerikanische Truppen in Afghanistan ein, die zusammen mit der Vereinten Front die Taliban stürzen.

Im Dezember folgt in Bonn die »Petersberger Konferenz«, in der ein Stufenplan zur Demokratisierung und die Bildung einer provisorischen Regierung durch Mitglieder der Vereinten Front verabschiedet werden. Zur Sicherheit soll eine internationale Truppe im Land stationiert werden.
In dieser Truppe sind auch deutsche Soldaten in den Provinzen Kundus und Faizabad beteiligt.

2004 Die neue Verfassung wird verabschiedet.

2005 Die ersten freien Wahlen seit 1973 finden statt.

seit 2006 Die Taliban formieren sich von Pakistan aus neu und verüben Terroranschläge gegen Zivilisten und Soldaten der internationalen Sicherheitstruppen (ISAF).

2014 Präsidentschaftswahlen finden statt.
Da der ISAF-Einsatz am 31.12. endet, schließt Präsident Aschraf Ghani ein neues Abkommen mit der NATO ab für die Unterstützung bei der Ausbildung der afghanischen Sicherheitskräfte.

seit 2015 Die Taliban erobern im Süden und in Mittelafghanistan eine Stadt nach der anderen und rücken immer weiter auf Kabul vor, wo sie durch Anschläge auf Zivilpersonen Angst und Schrecken verbreiten.

2018 Im Oktober finden Parlamentswahlen statt.